일러두기

: 저자 고유의 글맛을 살리기 위해

표기와 맞춤법은 저자의 스타일을 따릅니다.

별 구경

캠핑용 의자 두 개, 가스버너, 적당히 잘 갈아둔 원두, 주전자. 커피 필터, 생수, 종이컵, 혹시 모르니까 젤리나 초코바(그 사람 뭘 좋아한다고 했더라), 두 벌의 따뜻한 옷, 나가기 전에 식물 물 주기….

메모만 봐도 그때의 내가 예뻐 보일 때가 있습니다.

엘리베이터

바빠 죽겠는데 밥을 꼭 먹어야 하는 걸까
그날은 먹는 일도 심지어 숨 쉬는 일도 귀찮았지만
그래도 부엌에서 밥을 짓는 기척이 들려오기에
나도 나가서 반찬통 몇 개라도 꺼내고
수저도 놓으면서
상차림을 거들고 있었지

그날따라 냉장고에는 빈 공간이 많이 보였고
두 사람이 좋아하는 채소가 없는 걸 알았을 때
오래된 식재료처럼 속마음은 뭉개져도
요 앞 마트 가서 쌈 좀 사 올게요 말할 수밖에 없었지
아무리 먹기 싫어도
두 사람은 맛있게 먹길 원했으니까

그렇게 바람막이를 걸치고 오른 엘리베이터에서
배달원 한 명이 헐떡거리다 말고 숨을 고르더니
누구에게 전화를 걸기 시작하는 거야

배달하느라 이제 봤어
삼만 원 보냈으니까 시켜 먹어
싼 거 먹지 말고 맛있는 거 먹어
형 돈 많아, 응, 기다리지 말고
이제 일 층이야, 일하러 가야겠다

이상하게 얼굴도 모르는 사람의 말에
왜 내 마음이 한 번 더 뭉개지는 건지

아마도 그건 죽을 만큼 힘든데도

가족의 끼니는 맛있었음 하는 마음과

아무리 바삐 움직여서 숨이 차올라도

사랑하는 동생에게 통닭을 사주는 마음이

똑 닮았다고 생각해서였을 거야

우리는 모두 누군가를 위해

하나씩은 숨기면서 살아가는구나

그렇게 얼굴도 모르는 사람이 빠르게 멀어지는 걸

얼마간 지켜보다 마트 쪽으로 걸었지

먹기 싫다 오랫동안 잠만 자고 싶다 속 썩이면서

그 사람들 좋아하는 게 있으려나 말하면서 말야

어쩌면

당신도 나도
꽤 괜찮은 사람일지도
모르겠다

이만큼이나
낭만적이고
멋진 사람

시작의 말

1부   슬프고도 괜찮은 사람

2부 깊고 담백한 맛이 있는 사람

3부 이만큼이나 낭만적이고 멋진 사람

4부 사랑받으려고 거기에 있는 사람

1부

슬프고도
괜찮은 사람

물음표

나는 하루가 나한테만 너무 가혹하다고 느껴
질 때면, 그리고 더는 몸도 머리도 움직이지 않을 때
면, 거의 무너지듯이 핸드폰을 내려다봐. 그럼 가장
먼저 보이는 건 시간이야. 매번 뭐 했다고 시간이 그
렇게나 많이 흘러 있더라. 그리고는 그 밑으로 네가
이런 말들을 보내놓은 게 뒤늦게 보이는 거야. '잘하고
있나? 밥은?'

그러면 나는 가끔, 사실은 충분히 잘하고 있는데도
잘 못하고 있다고 대답하거나 이것저것 주워 먹었는
데도 아무것도 못 먹었다고 대답하곤 해. 그러면 너는

다시 물음표들을 보내오는 거야. 왜? 내가 뭐라도 도와줄까? 맛있는 거라도 시켜줄까? 그러면 나는 그제야 괜찮다고 대답해. 그래도 그럭저럭 하고는 있다고. 생각해보니 뭘 먹긴 먹은 것 같다고. 그렇게 보내놓고 나면 이상할 정도로 기분이 괜찮아져.

물음표가 사랑한다는 말로 보이는 순간들이 있어.
네가 내게 던진 질문들이 전부 사랑 같아 보이는 때가 말이야.

잘하고 있는지. 밥은 먹었는지. 힘들거나 졸리진 않는지. 먹고 싶거나 마시고 싶은 건 없는지. 그게 나한테는 전부 다 나를 걱정하고 있다는 말로, 하루종일 나를 생각하고 있다는 말로 들리는 거야. 그렇다잖아. 그만큼이나 시시콜콜한 것들이 궁금하다잖아. 그게 아무리 생각해봐도 꼭 사랑 같잖아.

잠도 배도 고프지만 무엇보다도 물음표가 고픈 날에는 너도 엄살을 부려줘. 오늘 유난히 바쁘고 덥고 기분이 가라앉기만 한다고 말해줘. 그러면 내가 언제 읽어봐도 괜찮을 시시콜콜한 질문들을 던져놓을게.

오늘은 언제 끝나는데? 퇴근길에 듣기 좋은 노래 알려줄까? 주말에 맛있는 거 해줄까? 집에 데려다줄까? 그건 다른 사람은 다 안 돼도 넌 마음대로 해석해도 되는 질문들이야. 오늘도 사랑해. 퇴근길에도 사랑해. 주말에도 사랑할게. 못 참겠는데 지금 사랑하러 갈까? 그렇게 해석해주길 바라는 질문들이야. 사랑해. 시시콜콜한 이유들로 말이야.

간호

애초에 태어나길 키도 크고 튼튼하게 태어났지만, 오히려 그 바람에 몸을 더 함부로 대하게 된 것 같기도 하다. 어떤 날에는 쓰고 차가운 술과 음료, 짜고 매운 음식들을 쉬지도 않고 몸에 욱여넣다가도 다른 어떤 날에는 온종일 아무것도 먹거나 마시지 않았다. 뼈가 굵으니 괜찮을 거라고 높은 턱에서 뛰어내렸던 적도, 발에서 피가 날 때까지 걸었던 적도, 며칠쯤은 괜찮을 거라고 밤을 새워가며 읽고 쓴 날도 많았다. 그리고 밤을 새워가며 읽고 쓰는 일은 철도 들지 않는지 서른을 넘긴 지금까지도 계속하고 있다.

실제로 튼튼하긴 튼튼해서 잔병치레는 잘 없는 편이지만, 그래도 사람은 사람인지라 내게도 앓아눕는 날이 있기는 있다.

해야 할 일이 산더미라 아침부터 부지런히 눈을 떴는데 몸이 움직이지 않았다. 급한 대로 택시를 타고 병원에 가서 수액을 맞고 돌아와도 좀처럼 기운이 나지 않았다. 일이 년에 한 번쯤 그런 날이 오곤 했는데, 아마 이번이 올해의 그날인 것 같았다. 그럴 만도 하지. 써야 할 글도 만져야 할 글도 많아 며칠 밤을 새운 뒤였다. 어쩔 수 없이 반드시 해야만 하는 일만 꾸역꾸역 해내고, 함께 일하는 사람들에게 소식을 알리고, 꼬박 하루를 누워 있었다. 아주 천천히 눈을 감았다 뜨는 동안, 꿀물을 가져다주는 엄마가, 약을 챙겨다 주는 엄마가, 그냥 한번 문을 열고 살펴보는 엄마가 편집된 화면처럼 왔다 갔다 하였다.

그리고 나는 그게, 사람 하나가 나를 좀 살펴보겠다고 내 방을 오가는 게 속도 없이 좋았던 거다. 한두 번이 아니었다. 누군가가 날 간호해준다는 사실에 아플 때마다 기분이 좋았다. 물론 나를 진심으로 걱정해주는 사람에게는 더없이 미안한 일이지만 말이다.

아마도 그건 평소에 타인에게 그 무엇도 내색하거나 의지하지 않고 하소연하지도 않았던 나의 내면에 나도 모르게 억눌려 있던 보상 심리랄지 보살핌받기를 원하는 심리가 있었는데, 그게 아픈 틈을 타서 뒤틀려 표출되었던 게 아니었을까 한다. 그리고 나는 커다란 계기가 없는 한, 앞으로도 누군가로부터 아플 때마다 걱정의 말을 듣거나 간호를 받는 일을 내심 광장히 즐길 것 같다. 누군가가 죽을 끓여서 한 숟가락씩 호호 불어 떠먹여 주는 일은 얼마나 예쁘고도 설레는 일인가.

사실 그다지 아픈 곳도 없고 지치지도 않았지만, 누군가의 보살핌이 고픈 날에는 한두 번씩 꾀병을 부려보기도 하고 싶다. 열은 없는 것 같은데. 응, 맞아, 열은 안 나는데 그냥 아파. 가만 보니까 얼굴이 좀 하얘진 것 같기도 하고. 얼굴은 원래 좀 하얀 편이긴 한데, 오늘따라 나 유독 더 하얀가. 밥은? 밥은 제대로 먹었어? 죽 끓여줄까? 많이 먹지는 못할 것 같아도 그래도 끓여주면 좋을 것 같아. 떠 먹여줄까? 떠 먹여주면 좋지. 안아줄까? 아픈 냄새가 날 것 같은데, 그것도 괜찮다면. 그런 대화들이 잠꼬대처럼 시름시름 오간다면 좋겠다. 그리고 그 꾀병의 대상이 눈치가 빠른 사람이라면, 그래서 애초에 내가 하나도 안 아프다는 걸 알고 있는데도 조곤조곤 장단을 맞춰준다면, 더, 더, 좋겠다.

구슬을 모으는 일

나는 세상 사람들이 무엇을 좋아하는지를 주기적으로 파악하는 사람이다. 본의 아니게 그렇게 됐다. 벌써 오 년째, 쉬지 않고 글쓰기 강의를 하면서, 육 주 중 한 주는 반드시 '내가 좋아하는 것'에 대해 생각해보기를 권하기 때문이다. 그게 아무리 해롭고 내게 무심할지라도 좋아할 수밖에 없는 것은 무엇인지. 좋아하는 시간과 공간, 사람, 물건, 음식, 동물, 분위기에는 무엇무엇이 있는지.

내가 그렇게 생각의 공을 운동장 한가운데에 던져 놓으면, 사람들이 그 공을 다루는 방식은 각양각색이었다. 신이 나서 능숙하게 공놀이하는 사람, 그러니까 본인이 좋아하는 것에 관해 막힘없이 떠들기 시작하는 사람이 있는 반면, 어떤 사람은 본인이 좋아하는 것이 무엇이었는지를 쉽사리 떠올려내지도 대답하지도 못했다. 그들은 마치, '공놀이는 어떻게 하는 거죠? 제가 너무 바보 같은 질문을 하나요?'라고 말하는 듯한 표정으로 눈만 끔뻑이며 나를 보곤 했다. 나는 그때마다 그럴 수 있다고 말했다. 사람은 은근히 본인이 뭘 좋아하는지를 잘 알지 못한다고. 그러니 대답을 하지 못하더라도 그게 잘못된 것은 아니라고.

그러는 작가님은 뭐가 좋으세요?

어느 날 누군가가 내게 물었고, 나는 순간적으로 말을 잃었다. 사실은 저도 공놀이 같은 건 할 줄 모르는데요, 그렇게 말하는 듯한 표정을 짓다가, 가까스로 좋아하는 몇 가지를 대답하긴 했다. 나는 영화가 좋고 미술관 구경하는 일이 좋다고. 하지만 이내 속으로는 그게 정말로 내가 좋아하는 것이었는지는 잘 모르겠다고 생각해버렸다. 한때 나는 친구들 사이에서 영화광이라고 불릴 정도로 영화를 자주 보았고 가장 마지막까지 거의 유일하게 살아남아 있던 취미도 미술관 구경이었지만, 가장 최근에 본 영화가 무엇이었는지, 마지막으로 미술관을 찾았던 게 과연 몇 달 전이었는지조차 흐릿해져 있었기 때문이다. 그런 주제에 과연 내가 그것들을 좋아한다고 말할 자격이 되는가 싶어서 이젠.

그날 강의를 마치고, 배가 고픈 것도 잊은 채로 텅 빈 작업실에 가만히 앉아 내가 좋아하는 것들을 떠올렸다. 그건 텅 빈 동네에서 같이 놀아줄 친구를, 공놀이를 함께할 친구를 찾아 헤매는 것처럼 고독하고 힘든 일이었다. 대답해 주는 사람도 귀 기울여 주는 사람도 없이, 아무도 없는 공간에서 혼자 하는 일이었기 때문이다. 천천히 속삭였다. 너는 뭘 좋아하니. 영화나 미술관 같은 거짓말 말고, 네가 진짜로 좋아하는 건 뭐니...

아주 조그맣고 하찮은 것들이 하나씩 고개를 내밀기 시작했다. 내가 알게 모르게 좋아하는 것들이었다. 부지런한 사람이 오랫동안 오며 가며 밟았던 장판에서 나는 구수한 냄새, 한낮에 건물이 빵처럼 잘 익어가는 냄새, 밀폐된 공간을 잘 지키고 있었다며 나를 반기는 먼지들의 냄새. 식물들이 물 먹는 소리, 밤에 눈 쌓이는 소리, 동물들이 숨 쉬는 소리, 아주 멀리에서부터 들려오기 시작해도 누구의 것인지 단번에 알아차릴 수 있는 기다리던 사람의 발소리. 물기가 없는 이불의 감촉, 각진 책등을 만지는 감촉, 만지는 족족 1초 만에 체온이었던 것을 잃어버리는, 누군가가 입고 있는 옷의 감촉. 푹 퍼진 라면 맛, 물에 헹군 음식 맛, 과하지 않은 맛, 파의 맛.

　조그맣고 하찮은 것들이 하나씩 고개를 내밀고, 점점 커다란 것들도 서서히 고개를 내밀 줄 알았는데, 처음부터 끝까지 조그만 것들만 떠올랐다. 그리고 나는 그게 놀라웠다. 모든 것을 잘 종합해보니, 나도 몰랐던 건데, 나는 작고 조용한 것들을 사랑하고 있었구나. 너무 작고 조용한 것들이었기에 좋아하게 된 줄도 모르고 무심결에 좋아하고 있었구나.

　내가 좋아했던 건, 공놀이가 아니라 작은 구슬을 모으는 일이었겠구나. 그리고 공놀이가 아닌 구슬 놀이를 좋아하는 사람, 거대하고 번쩍이는 것들이 아닌 작고 반짝이는 것들을 더 좋아하는 사람이 여기가 아닌 어딘가에도 반드시 있기는 있겠구나.

　그날의 깨달음은 내 마음에 오랫동안 귀를 잘 기울여서 얻게 된 것이었기에 내게 더욱더 귀하게 남았다. 그날 이후로 내게는 종종 혼자 있을 때마다 내게 묻는 습관이 생겼다. 왜 자꾸 그 음악이 생각나지? 나 혹시 그런 거 좋아하나? 공공연히 싫다고 말했었는데, 나 여름 아주 조금 좋아하긴 하나? 나는 그 사람의 보조개가 좋은가? 그래서 그렇게 실없는 농담을 건네는가? 하고 말이다.

　그렇게 조금 더 귀를 기울이면, 또 다른 새로운 것, 나도 몰랐던 나의 좋아함이 고개를 빼꼼 내밀지도 모를 일이다. 언제나 그때를 어떤 놀이의 순간보다도 간절히 기다린다.

산다는 거

나이키에 나를 싫어하는 사람이라도 있는 걸까?

응모할 때마다 떨어지네

제값 주고 신발 하나 사겠다는데

너 몇 번이나 응모했었는데

세 번인가

야 꼴랑 세 번 갖고. 나는 열 번 해서 겨우 하나 됐어

그럼 나도 일곱 번쯤 더 하면 되려나

그럴 수도 있고 아닐 수도 있고
또 아마 평생 안 될 수도 있고
아무도 모르는 거야, 신발을 산다는 건
산다는 것도 마찬가지고

슬프고도 괜찮은 사람

어릴 땐 슬픈 사람이 그렇게 멋있어 보였습니다
사연 있어 보이는 사람 우수에 젖은 눈을 가진 사람
아픈 사연으로 사람에 또 장소에 정 못 붙이는 사람
그런 사람이 되고 싶다고 생각했던 적도
부끄럽지만 있었던 것 같네요

스물을 넘기면서는 슬픔이
어떤 자격 같기도 했습니다
쓰는 사람이라면 응당 아픈 사연 한두 개쯤은
갖고 있어야 한다고 생각한 것이지요

말과 생각이 화를 불러온 걸까요
나는 정말로 슬픈 사람이 되었고
사람과 건강을 잃기도 하였습니다

슬픈 것이 과연 어떤 자격이나 매력이 되는지는
이제 잘 모르게 됐고 그렇게 생각하지도 않게 됐지만
이제야 스스로가 적당히 슬퍼 보이는 것
처연한 모습으로 걷게 된 것은 알겠습니다

이제 누군가에게는 저도 제법 괜찮은 사람일까요?

잘 살아보겠다는 마음

어제도 어김없이 취해버렸다.

나는 평소에는 말끔하다가 주량만 넘기면 다음 날 하루를 통째로 고생하는 사람인데, 정말 안타깝게도 그 사실을 아는 건 늘 다음 날이 되고 나서였다. 물만 마셔도 토하는 것은 기본이고 제대로 앉아 있지도 누워 있지도 못하는 채로, 커다란 쓰레기처럼 방에서 끙끙댈 뿐, 악취만 풍길 뿐이다.

내 감정이나 즐거움을 주체하지 못해 어느 수준 이상으로 취해버리면 꼭 이 꼴이 났다. 그리고 예전에는 일 년에 한 번꼴로 그러던 게, 이제는 서너 달에 한 번

꼴로 이런다. 나이가 든 건지 몸이 약해진 건지 술이 독해진 건지, 아니면 마음이 좀 이상해진 건지는 알 겨를이 없다. 그저 잊고만 있다가 앓기 시작하면, 미치겠네, 꽤 금방 다시 앓게 됐군, 깨달을 뿐이다.

그럴 때면 도와달라는 말, 나한테 왜 이러냐는 말들이 저절로 나온다. 대상이 딱히 없는 말들이다. 마시면서 떠올라서 나를 더 마시게 한 누군가에게 하는 말이었다가도, 사람이 아닌 초자연적 존재였다가도, 그토록 바보같이 마셔댔던 어젯밤의 나이기도 했다.

큰 착각이 있었다. 나도 아버지를 닮아 술을 잘 마시는 사람, 술을 얼마든지 소화해낼 수 있는 사람일 것이라는 착각이었다. 실제로 갓 스물을 넘겼을 때는 잦은 음주로 억지로 늘어난 주량 탓에, 역시 나는 잘 마신다고 고개를 끄덕여댔던 날이 많기도 많았다. 하지만 이제 그 착각은 눈에 보이지도 않을 정도로 서서히 녹아서 말끔히 사라져버리고 없다. 다 녹아버려서, 술을 마시긴 마실 수 있으나 그다지 술이 잘 맞는 사람은 아니라는 액체 같은 자각으로만 남았을 뿐이다. 그러니까 나는, 사실은 모든 사람이 그렇겠지만, 웬만

하면 마시지 않는 게 좋은 사람이라고. 술보다는 커피를, 커피보단 차를 마시며 떠들고 즐거워하는 게 나를 위한 일일 것이라고.

하지만 그러한 겸손과 다짐의 시간이 흘러가고, 나는 다시 언제 그랬었냐는 듯 과음해버린다. 그 시간이 다 지나고 나면, 또는 마시는 중에도 문득문득 그게 꼭 인생 같아서 웃길 때가 있다. 다신 그러지 않을 거라며, 아니면 앞으로는 반드시 그럴 거라며 다짐하지만, 그걸 갖은 이유를 들어가며 부숴버리곤 다시 넘어지고 부서져 버린다. 그리곤 혼자 끙끙 앓으며 새로운 계획을 세운다. 그건 내가 내 삶을 살아내는 방식과 퍽 닮아 있는 것 같았다. 내 삶은 늘 해야 할 것과 하지 말아야 할 것 사이의 전쟁이었으며, 갖은 예외를 들어가며 하지 말아야 할 것의 손을 들어주는 일, 그 뒤에 후회하고 새로 다짐하는 일의 반복이었다.

도대체 나는 왜 마실까. 사는 게 괴로운가. 기분 좋은 일이 있나. 아무것도 해당되지 않는 날도 있지만, 놀랍게도 순수하게 알코올이 그리울 때도 있다. 단단하게 굳어 있던 나를 말랑말랑하게 만들고 싶은 건가 싶을 때도 있는 것이다. 그러니까 조금은 자기합리화 같지만, 결국 더 잘 살아보고 싶어서 마시는 거다. 잘 살기 위해선 말랑말랑해지는 순간도 필요하고 나한테 관대해지는 시간도 필요한데, 평소에는 좀처럼 그러 지 못하니까.

술 마시지 않겠습니다, 아니아니 오늘은 안 되겠으 니 술이나 마시겠습니다, 결심하고 포기하고 괴로워 한다는 건, 그만큼이나 마음속에 기대가 많고 잘 살고 자 하는 마음이 크다는 뜻이 아닐까. 이제는 그렇게 생각하기로 했다. 그리고 난 그런 내가 너무 애틋하고 도 좋다.

입이 심심한 걸 보니 다시 말랑말랑해질 시간인가 보다.

불꽃놀이

책을 통해 고백하는 것은 아마도 처음일 것이다.

아주 오래전, 내게는 이룰 수 없는 꿈이 있었다. 바로 모두의 사랑을, 한 사람도 빠짐없는 모두의 사랑을 독차지하겠다는 꿈이었다. 내가 속한 집단에서 가장 귀염받고 주변에 호감을 주는 사람이 되기를 원했고 내가 적은 모든 글자가 적는 족족 모든 이의 마음속에 순수하게 날아가서 박히기를 꿈꿨다. 그것은 한때 내가 언제나 활기차고도 뜨거울 수 있는 건강한 원동력이 되어주었다. 그리고 그렇게 활발하게 적어서 기껏해야 세 권 남짓하게 책을 썼을 또래 작가들보다 몇 배는 더 많은 책을 만들었으니, 그 꿈은 내게 건강한 원동력인 동시에 다작의 연료이기도 했을 것이다.

하지만 그것이 정말이지 헛된 꿈이라는 것을 알게 되기까지는 그리 오랜 시간이 걸리지 않았다. 함께 열심히 쓰자며 서로를 격려했던 한 동료가 어디에 가서는 나에 관한 험담을 하고 다닌다는 것을 알게 된 것이다. 그 사실을 알게 된 나는 심지어 모르는 사람도 아닌 가까운 사람이 나를 미워하고 있다는 사실에 꽤 오랫동안, 그리고 꽤 커다란 진폭을 그리며 힘들어해야 했다.

거기에서 비롯된 것인지는 몰라도, 그쯤부터 나는 '누군가가 나를 싫어한다', 그 사실을 종종 악몽처럼 떠올리며 괴로워하기 시작했다. 전철에서 자주 숨이 막혀왔다. 같은 객실 안에 있는 사람들이 내 얼굴을 알 리가 만무한데, 흡사 몰래 나를 흘겨보고 있는 것만 같아서 숨을 쉴 수가 없었다. 그럴 때면 한두 역쯤을 지나고 내려서 숨을 한 번 쉬고, 다시 도착한 다른 열차를 타고 가던 길을 가기를 반복했다. 집에 도착해서 잠을 청하기 위해 불을 끄면 내 방의 육면이 점점 내가 누운 쪽을 중심으로 좁혀 들어왔다. 나는 그때마다 가쁜 숨을 쉬며 급히 잠에서 깨어나거나 밤새 불을 켜둔 채로 얕은 잠을 자야만 했다. 물론 이제는 숨이 가빠올 것 같다거나 주변이 좁아질 것만 같은 낌새가 느껴지면, 당장 그에 관한 생각을 멈추거나 그 자리를 벗어나는 식의 노력을 한 끝에 예전만큼 힘들지는 않게 됐다. 그 감각이 어땠는지조차 종종 잊어버릴 만큼, 그럭저럭 괜찮은 마음을 되찾게 됐다.

어딘가의 누군가는 지금도 나를 미워하고 있고 싫어하고 있고 시기하고 있다는 사실은 여전히 아프게 다가오긴 한다. 그래도 그들의 이해관계 모두를 충족시켜주고 해명하고 오해를 풀고 잘 보이기 위해 애쓰는 일은 현실적으로도 불가능한 일일뿐더러 나의 에너지와 시간 역시 너무도 한정적이라는 것을 이제는 너무도 잘 안다.

앞으로의 내가 아무리 위대한 작업을 하고 아무리 인간적으로 훌륭한 사람이 되어도 누군가는 반드시 나를 싫어하거나 오해할 것이다. 그리고 그 사실은 나를 늘 따끔거리게 할 것이다. 하지만 이젠, 따끔거리는 것들에 집중하기보다는 다른 것들에 집중해보려 한다. 내 마음을 살랑거리게 만드는 것들. 나를 언제나 기분 좋게 만드는 것들. 나를 흘겨보지 않고 바라봐 주고, 나의 실수를 이해해주고, 나의 잘됨에 진심으로 손뼉 쳐주는 사람들. 그런 사람들을 생각하면, 한낱 따끔거림쯤은 아무것도 아니게 된다. 그래, 어느 멋진 여름밤에 모기에 물린 곳 따위는 신경도 안 쓰일 정도로 근사한 여름 바람을 맞는 것처럼, 예쁜 불꽃놀이를 구경하는 것처럼 말이다.

어느 먹먹한

깜깜한 밤에 집 앞 공원에 나가서
적당히 높은 나무를 찾아 그 밑에 서봐
그리곤 고개를 들어 올려다보면서
스스로에게 한번 물어보는 거야

나뭇가지는 무슨 색이야? 검은색이야
그럼 하늘은 무슨 색인데? 검은색이지

검은색과 검은색이 구분되는 그림

어떤 인생은 그렇게 흘러가는 건지도 몰라

흰색도 원색도 예쁜 무엇도 없이 단지

더 검은 것과 덜 검은 것들로 그림을 그려가는 일

밤만큼 연못만큼 지구 반쪽만큼 슬픈 일

하지만 아침 같은 것을 기다려보기도 하는 일

알사탕

    마음 치유의 일환으로, 수강생들에게 자신이 불행했던 때를 시간 순서대로 표로 만들어보고 그중 하나를 골라 그때를 천천히 묘사해보라고 부탁드리곤 한다. 자신의 불행을 마냥 덮어두기만 하는 것보단, 때로는 당당히 마주하고 싸우는 시간도 필요하다는 것, 그런 유형으로 진행되는 치유도 있다는 것을 알려드리고 싶어서다.

    하지만, 아무리 치유가 중요하다지만, 그 행위가 잠자코 잘 있었던 한 사람의 속을 뒤집어놓는 일이라는 것에는 변함이 없다. 멀리 봤을 땐 보이지 않는 상처가 나아질 수 있는 계기가 될 수는 있겠지만, 당장은 잊고 있었던 아픔을 들춰내는 바람에 얼마간 고통스러울 수 있다는 말이다. 마치 몸의 어느 깊은 한 곳을 수술할 때 불가피하게 그 부분을 절개하거나 파괴해야 하듯이 말이다. 그렇기에 나는 그 '치료를 위해 생긴 상처'를 수습하기 위한 글쓰기 역시 부탁드리곤 하는데, 불행에 관한 글을 다 적고 난 수강생들에게 이런 부탁을 드리는 것이다.

불행을 표로 만들어 살펴보고 그중 하나를 골라 글을 썼던 것처럼, 행복도 똑같이 해보세요. 행복했던 때를 나열해서 살펴보고, 그중 하나를 골라 그 행복의 장면을 써보시는 거예요. 마치 무지 쓴 가루약을 다 먹고 나서 사탕 한 알 먹어주는 것처럼요.

그 말을 듣고 난 수강생들은 뭔가 대단한 진리라도 깨우친 듯 눈을 크게 뜨곤 하는데, 나는 그때마다 조금은 머쓱해졌다. 내가 뭔가 엄청난 가르침을 준 게 아니라, 다만 마음이 저만큼이나 밑으로 푹 꺼졌으니, 마음에 좋은 일을 함으로써 그것을 다시 올려놓는 것은 당연한 것, 작용과 반작용 같은 것이기 때문이다.

그런데 종종 그 말을 듣고 그런 질문을 던져오는 사람도 있었다. 불행했던 건 잘 떠올랐는데 행복했던 건 아무것도 생각이 안 나요. 어떡하죠. 나는 그때마다 그건 너무 슬픈데요, 라고 농담처럼 대답한 후, 이렇게 말씀해드리곤 했다.

행복 뭐 없을걸요. 복권 당첨이나 노벨상 수상 같은 엄청난 사건만 행복이 아닐 거예요. 그냥, 그런 기억들 있잖아요. 아, 그날 날씨 진짜 좋았는데. 그거 진짜 맛있었는데. 그때 걔 진짜 웃겼는데. 저는 그런 생각을 할 수 있었던 건, 그 하루가 크게 모나지 않았던 '꽤 괜찮은 하루'였기에 그랬던 거라고 생각해요. 그러니까 그런 작고 수수한 것들 하나하나가, 어쩌면 일일이 행복들이 아니었을까 생각할 수 있게 되는 거고요.

내 말을 들은 사람은 한 번 더, 뭔가 대단한 진리라도 깨우친 듯한 표정을 지었다. 그리고 나는 그때만큼은 머쓱함보단 뿌듯함을 느꼈다. 그건 한 사람이라도 더 일상에서 행복이라는 것에 대해 다시 한번 생각할 수 있게 해드렸다는 데에서 오는 잔잔한 행복감과 자랑스러움이었다. 그런 날이면 나 역시도 한 번쯤 더 생각해본다. 과연 아주 오래전 그리고 최근에 내가 행복했던 때는 언제였는지. 어떤 날씨와 음식, 사람들이 나를 작게나마 웃게 만들었는지.

어떤 원리에 의해서 그런 건지는 모르겠지만, 사람은 자신이 잃은 것, 당한 것, 속은 것, 빼앗긴 것을 얻은 것, 취한 것, 만끽한 것, 가한 것보다 더 오래 그리고 깊게 기억한다. 불행했던 것은 영원에 가깝도록 잊지 않으면서, 그날그날의 웃음과 행복들은 너무도 빨리 잊어버리는 것이다.

처음에는 아무렇지도 않게, 그럭저럭 흘러갈 것이다. 애초에 나는 상처받고 고생할 팔자인가 보다 하며 묵묵히 앞으로 나아갈지도 모른다. 당신 역시 그럴지도 모르지. 하지만 그런 당신에게도 반드시 한 번은 전보다 더 크게 넘어지는 순간이 올 텐데, 나는 당신이 그 순간 그런 것들을 생각해주길 바란다. 꼭 글을 쓰기 위한 사유가 아니더라도 한 번쯤은, 그날 진짜 좋았지, 그 여행은 참 근사했지와 같은 것들을 추억하며 당신이 마냥 불행하지만은 않은 사람이라는 것을 깨달았으면 하는 것이다.

당신이 당신의 과거를 탐색하며 만난 사소한 행복들 앞에서, 대단한 무언가라도 발견한 듯 자주 놀라게 되기를 빈다.

일상의 말들

너무너무 힘든 시간을 통과 중인 사람들에게
지금 가장 듣고 싶은 말이 뭔지를 물으면
어떤 대답들이 돌아올 것 같아?

당장 네 통장에 삼천만 원이 꽂혔다는 말
지구와 완벽하게 똑같은 행성을 찾았다는 말
그 사람이 평생 그리워한 사람은 너라는 말
그런 말들이 듣고 싶을 것 같겠지만

오히려 치킨에 맥주나 한잔하자는 말
우리 집에서 배달 음식 시켜놓고 영화 보자는 말
그냥 오늘 하루쯤은 푹 자도 된다는 말
그런 말들을 듣고 싶어 하는 사람이 대부분이더라

그리고 우리가 그 말들을 듣고 싶어 하는 건
그 말들이 스스로 녹음이라도 해뒀다가
그때그때 돌려서 들을 수도 없는 말들
내가 아닌 다른 사람의 입으로부터 나와야만
비로소 나를 웃게 하는 말들이라서일 거야

나밖에 없는데 춥기까지 한 방이나 공원에서
아무리 두 팔을 모아 스스로를 껴안아도
없던 온기가 돌아나지는 않을 테니까

치킨에 맥주나 한잔할까
영화를 보는 것도 푹 자는 것도 좋겠어
이 말은 커다란 숫자나 우주적인 소식이 아닌
작지만 따뜻한 것들을 책임져 주겠다는 뜻이야
흔하고 소소하기만 한 일상 한가운데서
나만은 늘 네 웃음을 궁리하고 있다는 말이야

어떤 전화

내가 죽는 꿈을 꿨다는 말
깨고 나서도 울었다는 말에

문득 잘 살고 싶어져서
늦게나마 끼니를 챙겼던 밤

이사

늘 안아주면서 헤어지던 그 집 그 현관엔
이제 나도 당신도 없고
새로 온 낯선 사람들만 드나들겠지만

아직 그대로 있어요

당신 덕분에
평생 몰랐던 반가운 인사말과
다정한 목소리를 낼 줄 알게 된 내가

비모

어느 주말, 서울 한구석을 여행하듯 거닐다
가, 누가 끌어당기기라도 한 것처럼 작은 소품 가게에
들어갔었다. 알록달록한 컵과 문구류, 조그만 플라스
틱 피규어 같은 것들이 가득한 공간이었다. 나는 도대
체 무슨 생각으로 이 커다란 몸을 이끌고 그곳에 혼자
들어갈 결심했던 걸까, 지금도 알 수 없지만, 그래도
그때의 나는 들어온 김에 한 바퀴는 돌고 나가야겠다
는 생각으로 물건들을 구경하기 시작했다.

'이게 어떻게 여기에 있지?'

그러던 중에 아주 작은 녹색 물건 하나를 보고 반가움을 비롯한 만감이 교차하기 시작했다. 핀과 제이크의 어드벤처 타임이라는 만화영화에 등장하는 캐릭터 중 하나인 '비모'가 그려져 있는 배지였다. 나는 그 배지를 알고 있었다. 이미 한 번 만나본 적이 있는 배지였다. 크기나 광택, 포장의 상태로 미루어봤을 때 아무래도 맞는 것 같았다. 몇 년 전에 함께였던 사람에게 작은 선물로 건넸던 적이 있는 물건. 그렇게나 작고 수수한데 그 사람이 그렇게나 기쁘게 바라보던 물건이었다.

사람들과 과거의 연애를 이야기할 때마다 생각나는 물건이 몇 개 있다. 그 비모 배지도 그중 하나였다. 이유는 아직도 모르지만, 그 사람은 정말 비모를 좋아했었다. 그리고 나는 그 사람이 좋아한다는 이유로 소품 가게를 전전하며, 또는 인터넷 쇼핑몰을 전전하며 그런 것들을 끌어모으기를 좋아하는 사람이었다.

나는 그렇게 자주 그 사람이 좋아하는 것을 알아내는 일에 몰두했다. 새로운 소식이나 신제품 같은 것들에 관해, 속도 없이 그 사람에게 달려가 떠들어대거나 크고 작은 것들을 사다 주곤 했다. 그건 나의 애처로운 사랑의 방식이었다. 근사하지는 않지만, 당시의 내가 할 수 있는 최선의 사랑 표현이었다. 당신이 좋아하는 게 여기에 있으니 지금 당신의 기분이 좋아졌으면 좋겠다고. 나아가 당신이 좋아하는 것을 갖고 온 사람이 바로 나니까, 나까지도 좋아해달라고 말이다. 한때는 내 그런 애처로운 사랑이 싫어서 억지로 그런 마음을 억누르기도 하고 사두고도 건네지 않은 물건도 많았다. 물건 몇 개는 헤어질 때까지도 전해지지 않았고 그것들은 기어코 그 사람과 헤어진 뒤에도 내 방 어느 상자 안에서 영원히 살 것처럼 나이를 먹어가곤 했다.

세상에는 여러 사랑의 방법이 있고 그 각각의 방법이 나름의 방식대로 고상하고도 아름답겠지만, 한 사람의 취향을 알고 그 사람이 좋아하는 것을 주거나 좋아할 만한 소식을 들려주는 것도 사랑의 제법 아름다운 단면이 아닐까. 그리고 그 한때의 나도 그런 자랑스러움을 안고 조금 더 표현하고, 조금 더 손과 가방 안에 있는 것을 건네봐도 좋지 않았을까. 생각해보는 밤이다.

나는 여전히 내가 그 사람을 얼마나 좋아하는지를
알고 싶을 땐 그 사람이 좋아하는 것을 얼마나 많이
알고 있는지를 가늠해본다. 생각나는 게 적으면 조금
더 알아야겠다고 다짐하고 생각나는 게 많으면 이만
큼이나 빠져버렸구나 인정하고 받아들인다. 더 좋은
것을 줄 수는 없을까 아침마다 생각해본다. 누군가는
속없다고 할 것이고 멋도 없다고 할지 모르지만, 이게
내가 베풀 수 있는 가장 따뜻하고 능숙한 다정이라는
것을 안다.

어디든 무엇이든

'열심히 찾아봐도 너랑 완전히 어울리는 꽃은 없었어.' '노른자 좋아한다고 해서 계란 두 개 넣었어, 다 네 거야.' '내가 이쪽에 서서 차 오는지 안 오는지 다 보고 있으니까 편하게 걸어도 돼.' '너 가고 싶은 곳으로 가자, 나는 거기가 좋아.' 난 이런 말들을 해주는 게 좋아. 사랑이라는 말은 가끔은 왠지 알 수 없을 때가 있는데, 이 말들은 언제든 열어서 먹거나 마실 수 있을 것만 같아서. 팔만 뻗으면 만져질 것만 같아서. 막연한 거 말고 느린 것도 말고, 바로바로 안아줄 수 있는 말이 필요하면 앞으로도 언제든 그렇게 해줄게. 가끔

사랑까진 알 수 없게 되더라도 대단한 걸 손에 넣을
순 없더라도, 그 정도는 가질 수 있는 거잖아. 내가 그
정도는 해줄 수 있는 거잖아. 가고 싶은 곳으로 가자.
거기가 어디든 나는 좋으니까. 어떤 길이든 걷자. 내
가 차도 쪽에서 계속 살펴줄 테니까. 라면이 됐든 순
두부찌개가 됐든 먹자. 계란 두 개를 알게 모르게 넣
을 테니까. 꽃을 열심히 고를 테니까. 네 말이 다 맞다
고 할 테니까. 네가 무엇무엇이 예쁘다고 하면, 예쁜
건 너고, 그렇게 대답할 테니까.

어떤 단상

　옷에 대한 미련이 늘 있었다. 새 옷을 향한 미련은 아니었다. 말 그대로 미련, 한때 입었던 옷, 이제는 유행이 지난 옷, 사이즈가 맞지 않게 되었거나 어느 한 부분이 상해버린 옷에 대한 미련이었다. 그런 것들은 다른 사람에게 주거나 어디에 팔아버려야 했는데, 또 그러지 못할 정도로 오래된 것들은 버려버려야 했던 건데, 나는 그러지 못하고 늘 옷장 한 칸을 그것들에게 방처럼 내어주곤 종종 그쪽으로 동정과 추억 어린 시선을 보내곤 했다. 그러면 그 옷들은 살았는지 죽었는지 모를 분위기와 미동도 없는 모양새로, 그 쓸데없음과 다 끝나버렸음을 증명하곤 했다. 이것은 사랑에 관한 이야기다.

새로 바꿨던 핸드폰을 일 년 정도 써갈 때쯤부터 어떤 문제에 직면했다. 어느덧 그 새로운 기기로 찍은 사진도 일만 장이 넘어가면서, 쓸 수 있는 저장공간이 점점 줄어들어 이런저런 어려움을 겪게 된 것이다. 어떤 날에는 새로운 사진을 찍지 못하게 되기도 했고 다른 어떤 날에는 사진이 아닌 다른 기능이 쓸 수 없게 사라져버리거나 심한 경우 아예 기기 자체가 먹통이 되는 경우도 있었다. 그럴 때면 급하게 쓸데없는 사진들을 골라서 지워내곤 했다. 지우는 사진은 정말 하나같이 쓸데없었다. 나는 이 음식 사진을, 이 물건 사진을 왜 찍었는가, 이 화면의 스크린샷은 왜 찍어두었던 걸까. 몇몇 사진은 절대 지워선 안 되는, 지금도 그렇고 앞으로도 소중하게 간직해야 할 사진들이었지만, 다른 많은 사진은 그렇게 다시 보지도 않을 쓸데없는 사진들이었다. 보지도 않을 사진이 너무 많아 새 사진을 못 찍는다니 우스웠다. 그리고 훗날 생각해보니 이것 역시 사랑에 관한 이야기였다.

맨 처음 그 사람을 보았을 때 펠리컨 같다는 생각을 했다. 물론 주머니 같은 부리가 달린 사람은 아니었지만, 굳이 따져보자면 펠리컨보단 참새처럼 짧고 작은 입을 지닌 사람이었지만, 무엇이든 통째로 삼켜버리려는 모습이 내가 보기엔 꼭 펠리컨 같았다는 말이다. 그 사람은 아무리 배가 차 있고 술이 올라 있더라도 테이블 위에 있는 것을 꾸역꾸역 욱여넣는 사람이었다. 또 지금 본인이 얼마나 작고 보잘것없는지와는 상관없이, 그리고 눈앞에 있는 사람과 함께할 수 있을지 없을지도 아직 모르는 타이밍에서도 늘 손을 잡았고 입을 맞추곤 하는 사람이었다. 그러다 억지로 삼켰던 것들을 와르르 다시 쏟아내기도 하고, 미안하지만 도저히 계속 함께할 수 없을 것 같다며, 아직 새로운 누군가를 만날 준비가 안 되어 있는 것 같다며 섣부른 관계를 끝내곤 했다. 그리고 나는 그때마다 그를 보면서, 참 펠리컨 같다는 생각을 몇 번이고 했다. 그래. 사랑 말이다.

마음이라는 것, 사랑이라는 것에도 정말 각각 부피와 질량이 있다면, 그리고 그것들을 저장하는 곳에도 너비와 높이가 정해져 있다면, 언제까지고 담아내기만 할 수가 없는 것은 당연할 것이다. 이제는 쓰지 않는 마음과 사랑은 가끔 비워내 주기도 해야 새로운 마음과 사랑을 담아낼 수도 있을 것이다. 새로운 사람을 받아내고 담아낼 준비가 되지 못했는데, 억지로 그를 그 공간에 들이면, 마치 우주선의 한쪽 벽에 균열이 생겨 객실 안에 있던 모든 것이 우주선 밖으로 빨려 나가듯, 억지로 삼킨 사람과 사랑을 다시 와르르 뱉어 내야 하는 일이 벌어져 버리곤 하는 것이다.

지나간 사람, 그리고 그와의 기억을 인제 그만 비워내면 좋을 시기는 사람마다 다를 것이고 나도 아직 그 제때를 모르긴 한다. 다만 새로 담아낼 좋은 마음과 풍경, 사람이 나타난 것 같다면, 아니면 이제는 좀 새로운 사람을 초대해야 할 것 같다는 생각이 든다면,

그래서 무언가를 버려야만 한다면, 그땐 놓아줄 줄도 비워줄 줄도 알아야 할 것이다. 다시 들춰보지는 않게 됐지만, 그래도 미련이라는 이름으로 그곳에, 살았는지 죽었는지 모를 분위기와 미동도 없는 모양새로 그곳에 있었던 사랑의 껍데기를, 이제는 보내주어야 할 것이다. 어떤 이별과 어떤 만남은 그런 방식으로만 완성되고 또 시작될 수 있을 것이다.

어떤 사람

"근데 이 얘긴 좀 더 똑똑한 사람이 덜 똑똑한 사람한테 해줄 수 있는 말 같아. 사람이 어떻게 그렇게 자신의 사랑 앞에서 깔끔하고 합리적이기만 할 수 있겠어. 집에 유행 지나고 해진 옷만 가득한 사람, 오래되고 쓸데없는 추억만 가득가득한 전화기를 끝내 비워내지 못하고 상자의 용도로만 남겨둔 사람에게 손가락질하고 욕할 수 있는 사람이 과연 몇이나 되겠어. 한 번 지나간 사람을 왜 또 만나려고 하나요, 왜 그렇게도 그리워하나요, 다시 아프고 말 텐데. 똑같은 이유로 헤어지고 말 거라는 말, 수많은 사람에게 수없이 들은 그 말 앞에서, 기어코 똑같은 사람을 선택해야만 하는 마음은 어떤 마음이었겠어. 끝을 이미 알아도 다시 하고 싶은 것도 얼마든지 있는 거야. 볼 때마다 나를 울게 하는 영화를 다시 보는 것처럼. 몸에 맞지 않는 음식을 좋아하는 것처럼. 나를 체하게 하는 사람을 사랑하는 것처럼."

사는 재미

　　시장을 느리게 오가는 어르신들, 또는 그곳
의 어느 한 지점에 삼삼오오 앉아 느리게 대화를 나누
는 어르신들을 보며, 저들은 도대체 무슨 재미로 사는
지를 함부로 궁금해했던 적이 있었다. 아닌 게 아니라
정말로 따분하고 신나는 일 없이 그들의 하루하루는
그저 흘러가고만 있는 것 같았으니까.

　하지만 몇 살쯤 나이가 더 들고 나서는 그 한때의
내 걱정 어린 호기심이 한낱 무례한 오지랖에 불과했
다는 걸 알게 됐다. 생각해보면 늘 그랬다. 그때그때
의 내가 재미 요소로 여기는 것이 늘 바뀌어왔던 것이

다. 열 살 남짓할 때는 인생에서 컴퓨터 게임이 없으면 못 살 것만 같았는데 스물을 넘기고 나서는 피씨방 한 번을 가지 않았다. 대신 그때부턴 일주일에 절반 이상은 반드시 술을 마셔야만 살아있는 거라고 생각하는 내가 있었다. 지금 생각해보면 어디서 그런 돈과 여유가 나서 매일같이 술을 사 마셨는지는 모르겠지만, 아무튼 그랬다. 서른을 넘긴 지금은 그저 쉬어도 좋은 하루가 주어지면 온종일 집에만 붙어있다. 집에서 넷플릭스로 드라마나 영화만 틀어놔도, 그 흔한 배달 음식만 먹어도, 아니 그냥 숨만 쉬어도 재밌다. 쉬는 날이라는 게. 내가 집에 있다는 게.

그러니까 시장에서 느릿느릿, 시간을 보내는 어르신들께도 당신들 나름의 재미가 분명 있을 것이라고 생각하게 된 거다. 그들에게도 그들 나름의 재미가 있으리라는 걸, 어리석게도 나의 '재미 가치관'이 몇 번이나 바뀌고 나서야 함께 깨닫게 된 것이다. 어른들이 아이들의 대화를 전혀 이해하지 못하는 것처럼, 아이들 역시 어른들의 대화를 전혀 이해하지 못하는 게 당연했던 건데. 그러니까 뭐가 그렇게 재밌다고 아버지가 안방에서 낄낄대며 크게 틀어놨던 유튜브 채널도,

사실은 그 나이대에서 보면 무지 재밌는 것이었을 수도 있었을 텐데. 뭐가 그렇게 재밌어요, 그렇게 장단이라도 못 맞춰드렸던 게 인제 와서 조금 죄송하기도 후회되기도 하고 그렇다.

나이 많은 이들은 무슨 재미로 사는가. 이제 나는 그걸 함부로 궁금해하지 않는다. 당장 이해할 수는 없어도 어떤 재미가 분명 있기는 있을 것을 알기 때문이다. 그건 아마 자식이나 손주 자라는 맛이 될 수도 있을 것이고 다시금 찾아온 새로운 봄 같은 로맨스일 수도 있을 것이다.

이제는 하루에 두 번 자전거를 타고 망원동 주택가를 돌아다니는 할아버지의 크게 틀어둔 뽕짝도 작업실 건물 일 층 아저씨들의 문 다 열어놓고 떠는 수다도 다 이해하려 한다. 얼마나 재밌으면 그렇게 소란스럽겠는가. 누구는 집에서 숨만 쉬어도 그렇게 재밌는데, 심지어 이들은 밖에 있는데, 마음 맞는 누구랑 말까지 나누는데, 얼마나 재밌으면 그러겠는가. 다 재밌자고 사는 일 아니겠나.

손을 흔들어주는 일

어쩌다 하늘빛이 어스름한 새벽에 집 밖으로 나와 새벽 공기를 마시고 있으면, 아주 오래전의 어느 날이 떠오릅니다.

그날은 내가 살면서 처음으로 오랫동안 살아온 집을 떠나는 날이었습니다. 거의 스무 해를 가족들과 함께 살아오다가 입학한 대학교의 기숙사로 처음 들어가던 날이었지요. 거의 내 몸만 한 캐리어를 끌고 출근 시간 붐비는 지하철을 타는 건 생각만 해도 끔찍한 일이었기에, 첫차가 다닐 무렵부터 부지런히 움직이는 수밖에는 없었습니다. 대부분의 물건은 이미 택배로 보내놓고 중요한 물건이나 당장 써야 하는 물건 위주로만 캐리어를 꾸렸는데도 짐이 한가득이었습니다. 내가 정말 어디로 오랫동안 떠나긴 떠나는구나, 조금씩 실감이 나는 것 같기도 했는데요.

기분이 이상했습니다. 생각해보니 수련회나 수학여행을 제외하고 하루 이상을 밖에서 지내게 되는 것이 태어나서 처음이었습니다. 내가 너무 어린 건가, 혹시 내 또래 친구들은 이런 경험이 많은 건가 싶어 생각해보면 그런 것 같지도 않았습니다.

모든 게 이상했습니다. 이 시간에 깨어 있는 것도. 오랫동안 방을 비울 준비를 하고 있는 것도요. 이렇게 이른 시각인데 저 양반들은 또 왜 깨어 있는 건지도 알 수가 없었습니다. 준비도 다 된 것 같은데 이대로 가면 되는 건가 싶어서, 고개를 꾸벅 숙이곤 캐리어를 질질 끌고 집을 나섰습니다.

그런데 정말, 이대로 가버리면 되는 건가 싶은 거예요. 그렇게 캐리어를 질질 끌다 말고 뒤를 돌아봤는데요. 돌아본 곳에는 창가에서 나를 내려다보며 손을 흔들고 있는 엄마가 있었는데요. 그게 뭐라고 그렇게까지 눈물이 났었는데요.

정확히 2년 뒤에도 그랬습니다. 훈련소에 들어가던 날에, 갑자기 쏟아지는 소나기를 피해 뛰다 말고 뒤를 돌아봤을 때, 봐주는 사람도 호응해주는 사람도 없는데 언제까지고 그럴 것처럼 손을 흔들고 있는 엄마가 그때도 거기에 있었습니다. 조금이라도 더 어른스러운 사람이 됐다고 생각했는데, 왜 또 그렇게도 눈물이 났던 건지요.

우리의 삶은 앞으로도 그렇게, 무언가가 난데없이 시작되는 일, 그리고 그것을 걱정해 주는 사람, 바라봐주는 사람의 존재를 깨닫고 눈물을 흘리는 일의 연속일 것입니다. 그건 당신의 삶 역시 마찬가지겠지요.

언젠가, 당신이 그러한 시작을 맞을 때, 그리고 이렇게 가는 것이 맞는 건지, 이 길이 맞는 건지를 궁금해하고 있을 때, 저 역시 오래전에 저의 어머니가 그래주었던 것처럼 높지도 않고 낮지도 않은 창가에 서서 당신에게 손을 흔들어주고 싶습니다. 당신이 작아져서 없어질 때까지, 울면서 계속 손을 흔들어주고 싶습니다.

선인장

한 달에 한 번은 물을 주라는 사람도 있고
두 달에 한 번만 줘도 된다는 사람도 있었습니다
한 달에 한 번도 줘보고 두 달에 한 번도 줘보다가
날짜를 세는 게 귀찮고도 마음 아파서
그냥 이걸 선물로 건넨 당신 생각이 날 때마다
한 번씩 줘야겠다고 생각했습니다

그곳에서도 선인장이 잘 자라는지 궁금합니다
한 번은 반드시 죽은 것들이 모이는 곳이니
이제 무럭무럭 잘 자라기만 하려나요

선인장은 잘 있습니다
당신 생각이 날 때마다 물을 주었더니요

2부

깊고 담백한 맛이
있는 사람

숨 고르기

가로수의 가지와 잎사귀들에 뒤엉켜서
작은 새 한 마리가 고통스러워하고 있었어
나무는 너무 높았고 새는 또 너무 작아서
나는 가만히 보고 있을 수밖엔 없었는데

그 새는 계속해서 몸부림을 치기보단
몇 초는 매달려서 가만히 숨만 고르다가
아주 짧은 순간에 맹렬히 몸을 움직여서
한 열 번쯤 만에 그곳을 벗어나 버리더라

나는 그 장면 앞에서 다행이라고 안도하다가도
그게 꼭 언젠가의 나와 요즘의 네 모습 같아서
괜히 몇 번 코를 훌쩍여야 했다

아프고 무섭고 도와주는 사람도 안 보이고
몸이라도 움직이고 소리라도 내야 할 것 같을 때
근데 그게 마음처럼 잘 돼서 더 무서워질 때

잠깐 쉬자
며칠은 멈춰 있어도 돼
더 잘하려고 웅크리고 있는 거야

좋아서 그래

    며칠 전에는 좋아하는 소설을 원작으로 한 영화를 봤다. 그 순간을 만끽하려고 맥주와 팝콘까지 준비했다. 그렇게 영화가 시작되고, 한 시간쯤이 지났을까, 문득 깨닫게 된 건, 내가 맥주와 팝콘에는 거의 손도 대지 않고 엄청나게 뻣뻣한 자세로 영화만 보고 있는 게 아닌가. 나는 영화를 너무 비판적으로 보고 있었다. 좋아하는 소설을 원작으로 했기에 그랬던 걸까. 아니면 내가 생각하는 그 소설의 포인트를 잘 살리고 있는지를 확인하려고 그랬던 걸까. 나는 그 감각을 알고 있었다. 그 감각은 내가 서점에 갔을 때 자주 느끼는 감각이었다. 이 작가의 이건 신간은 어떤지. 요즘 주목받는 책들에는 어떤 특징이 있는지. 내게 부족한 건 무엇이며 내가 좀 더 자신 있는 건 무엇인지. 나도 모르게 분석하게 된다. 누구는 서점에 오면 마음이 편해지고 잡생각이 없어진다던데, 나는 정확히 딱 반대의 입장이었다, 늘.

그렇게 주말을 날려 먹은 서글픈 이야기를 사람들 앞에서 한 적이 있다. 일 적인 자리는 아니고 그냥 이 일 저 일 하는 사람들이 시간 될 때 모여 사담이나 나누는 모임에서였다. 그런 일이 있어 안타까웠다고. 정신을 차리고 보니 맥주는 미지근하고 팝콘은 눅눅해져 있어서, 도무지 다시 먹고 마실 홍이 되살아나지 않았다고, 그렇게 말하는데, 한 사람이 이렇게 말하는 것이다.

"저는 음향을 전공해서 유튜브를 보거나 영화, 드라마를 볼 때 소리가 정교하게 다듬어져 있지 않으면 되게 스트레스를 받아요. 그러다 보니까 마음 편히 즐겨도 좋을 때도 나도 모르게 귀에 온 신경이 쏠리더라고요. 소리가 어떻느니 저떻느니 하고 있고."

우와, 또 그럴 수도 있구나, 곳곳에서 시시콜콜한 속삭임이 터져 나오고, 이후에 나와 그 사람의 말을 잠자코 듣고 난 제3의 사람이 다시 한마디.

"소리에 되게 민감하시구나. 근데 전 그런 성격이 아니고 좋은 게 좋은 거라고 생각하는 사람이라, 음질이 별로여도 그냥 막 들어요, 하하."

나는 그 사람의 말을 듣고 나서, 설명할 수 없는 고약한 성격이 발동한 탓이었는지 순전한 호기심이었는지, 그럼 스타일리스트님은 발작 버튼 같은 거 없어요? 누가 자기 피부색이랑 완전 안 맞는 옷들만 골라 입는다든지 하면 화난다거나, 그렇게 물었다. 그랬더니 효과는 굉장했다. 너무너무너무 싫다고, 사실은 너무가 몇 번 더 있었는지조차 모를 정도로 너무라는 말을 많이 쓰며 질색팔색을 하는 것이었다.

결국 그날 우리는 그런 결론을 내렸다. 사람들은 다른 데서는 다 수더분할지 몰라도, 자기가 좋아하는 분야나 자기가 몸담은 분야의 일에 있어서는 더 비판적이고 날카로운 시각을 갖게 된다는 결론이었다. 좋아하고 사랑하면 그것에 대해 생각만 해도 웃음이 나오고 신나서 이야기를 할 수도 있겠지만, 한편으로는 좀 날카로워지고 예민해질 수도 있는 거라고. 그만큼이나, 조금이라도 그것이 허투루 다뤄지거나 성미에 안 차면 화를 낼 수도 있는 것이 바로 관심과 사랑의 또 다른 결과물인 거라고.

　그날의 대화는 모두에게 각자의 자리잡힌 직업이나 굳어진 취향 같은 것이 있었기에 그런 방식으로 매끄럽게 흘러갈 수 있었지만, 물론 어딘가에는 아직 자신의 직업을 찾지 못했거나 뭘 해야 할지를 못 결정한 사람이 당연히 있다는 것도 안다.

　만약 이 글을 읽는 사람도 그와 비슷한 고민을 안고 있다면, 본인이 제일 예민해지거나 제일 비판적인 시각을 갖는 것이 무엇인지를 생각해보는 것이 힌트가 될 수도 있을 것이다. 아무 꿈도 재능도 없었지만, 영화만큼은 진심으로 봤던 한 청년이 결국 영화평론가가 되듯이, 맛없는 음식으로 배를 불리는 것을 죽기보다 싫어했던 사람이 한 식당을 책임지는 요리사가 되곤 하듯이 말이다.

예민함과 같은 부정적인 감정을 그저 나쁜 것으로만 치부하고 말지, 아니면 그 감정의 원인이 무엇인지 한 번쯤은 진지하게 생각해볼지는 언제까지나 본인의 선택에 달려 있다. 하지만 가끔은, 마음의 소리를 들어보자는 거다. 얘가 그냥 뭐든지 다 싫어서 심술을 부리는 건지, 아니면 정말 좋아하고 사랑해서, 그래서 더 잘하고 싶어서 신경질을 내는 건지, 제대로 들여다보지 않고 대충 넘겨버리면 너무 아깝지 않은가.

인정

그건 아니지. 난 이런 거라고 생각해

늘 의견을 모아 함께 일해왔던 친구에게
오늘은 웬일로 조금은 싸늘한 말을 던졌다
요즘 세상의 모든 게 빠르고 간단해져 가니까
우리도 잘 팔릴 만한 작업을 해야 한다는 말
휘명이 너도 조금은 힘을 빼야 한다는 말이
그 순간의 내게는 좋지 않게 들렸기 때문이었다

하지만 집에 와서 생각해보건대
정말이지 친구의 말은 맞는 말이었다
세상이 어떻게 흘러가고 있는지는 보지 않고
자기만의 세계에 갇혀서 사라지거나 잊힌 사람을
한두 번 본 게 아니었다

그래도 참 잘하는 사람들이었는데
자기 고집이 너무나도 강했을 뿐인데
그 사람들은 지금 다 어디로 갔을까
또한 오늘 그 친구도 내 글이 싫어서
그런 말을 했던 것도 아니었을 텐데

사랑하는 것 옳다고 여기는 것을 지키기 위해선
지금의 내가 더 강해지거나 일단은 살아남거나
한걸음 물러서거나 때로는 져주기도 해야 한다

때로는 지는 것이 이기는 과정이 되기도 함을
때로는 넓고 멀리 보는 사람을 옆에 두어야 함을
싸늘할 정도로 혼자 깨닫는 밤

괜찮다는 말

　나 지금 괜찮은 건가, 싶을 때가 있다. 그냥 길이 막히고 있을 뿐인데, 다들 어디를 그렇게들 놀러 가시나, 뭐 얼마나 좋은 구경들을 가시나 하고 심술을 낼 때가. 들려오는 모든 노래가 마음에 들지 않아서 노래 넘기는 버튼만 계속 눌러댈 때가.

　나 괜찮은 건가, 오늘도 집으로 오는 길에 생각해봤다. 괜찮은가, 안 괜찮은가, 괜찮다, 괜찮아, 괜찮아요... 그렇게 혼자 떠들다 보니까, 그 괜찮다는 한마디가 왠지 모르게 입에 자꾸만 찰싹 달라붙는다. 왜일까. 그러고 보니까 요즘 내가 나도 모르게 괜찮다는 말을 많이 하고 있었더라. 오늘 못 오시는구나. 괜찮아요. 오늘까지 해 오시기로 했던 걸 못 했구나. 괜찮습니다. 술을 이렇게나 많이 드셨구나. 물론 괜찮죠...

내가 그들 앞에서 괜찮다는 말을 거듭했던 건, 정말 괜찮기 때문이었다. 지금이 괜찮기 때문. 당신이 이곳으로 못 오는 오늘이, 무언가를 못 해온 지금이, 잔뜩 취한 이 순간이, 정말 지금으로 괜찮기 때문. 이미 그 사람은 여기에 없고 약속은 바스러졌고, 한 사람의 위장이 할퀴어지고 있는 건 분명한데, 그 앞에서 괜찮지 않다고 말하는 일은 어쩌면 아무 소용도 없는 거라고 생각했으니까. 오히려 안 괜찮다고 해버리면 어딘가가 덧나버려서, 지금 우리의 말과 행동과 결정이, 지금의 상황이, 마치 잘못이라도 저지르고 있는 것처럼 여겨질 것 같았으니까. 지금 이렇게 됐구나, 알았다. 딱 그 정도 의미로 괜찮다고 말하는 게 오히려 나을지 모른다고 여겼으니까. 또 괜찮다고 말해두면 언젠가는 정말로 괜찮아지곤 했으니까. 오지 않았던 사람이 오기도, 부족했던 게 채워지기도 했으니까. 오늘 마음껏 울고 토했어도, 괜찮아 괜찮아, 토닥여주고 토닥임 받고, 누군가가 없다고 해도 혼자서라도 속삭이면, 다음 날엔 정말 조금이라도 더 살만해졌으니까.

그래, 나는 그런 식으로밖엔 못 산다. 오늘의 내 상황과 마음이 참담하더라도 난 언제까지고 괜찮다고 말하는 사람일 거다. 괜찮지 않은 지금도 괜찮다고 말해두곤, 미련하도록 꾸역꾸역 정말 괜찮아지곤 할 거다.

아마 당신의 오늘도 괜찮겠지. 무력감에 며칠 면도를 못 했대도. 끝끝내 사랑 하나를 끝냈대도. 몸에 물보다 술이 더 많이 도는 나날 속에 있대도. 사람에 지쳤대도. 사람에 지친 걸 억지로 숨기고 있대도. 그래서 내일이나 모레쯤 뒤늦게, 바빠서 연락을 받지 못했었다며 거짓말을 한대도.

괜찮다. 그런 당신을 이해할 테니까.
언제까지고 긍정할 테니까.
오늘의 당신은 참담하구나.
괜찮다. 그거참 괜찮다. 잘못된 게 아니다.
더 괜찮아질 거다.

밉고도 예쁜

　　"아, 이 가수는 진짜 나만 알고 싶은 가수였는데..."

　　살다 보면 주변에서 그런 말이 심심찮게 들려왔다. 그리고 난 그때마다 그런 사람들이 고약해 보였다. 나만 알고 싶은 가수, 나만 알고 싶은 가게, 나만 아는 곳, 나만 아는 방법이라는 말을 버릇처럼 쓰는 사람들. 그리고 그것들이 남에게 알려지기 시작하면 진심으로 안타까워하는 사람들. 왠지 모르게 '나만'이라는 말이 내 귀에는 더 크게 들려서, 그래서 심술이 가득해 보이고 자기만 생각하는 것 같아서 더 싫게 느껴졌었나 보다.

그런데 얼마 전에는 내가 그런 지독한 말을 하고 있더라. 밤샘 작업을 하러 새벽 내내 카페를 전전했던 때에 자주 찾았던 순댓국집이 유명한 사람의 유튜브 채널에 소개된 걸 봤을 때, 나는 나도 모르게 비명을 질렀다. 아! 유명해지면 안 되는데. 저기는 원래 문 열고 들어갔을 때 할아버지들이 도란도란 반주 나누시는 걸 보는 맛도 있는 집인데. 저기에 나와버렸으니 전보다 훨씬 붐비게 돼버리겠네. 나도 모르게 그런 속마음을 품어버린 것이다.

한편 그러면서도 드는 생각은, '그 사람도 아주 조금은 섭섭해하겠네'였다. 그 가게는 그 특유의 분위기와 맛 때문에 좋아하는 것도 있었지만, 아끼는 사람에게 내 비장의 무기를 보여주듯 소개해 주는 가게였기 때문, 그리고 그 사람도 나중에 자신이 아끼는 사람을 데리고 오는 가게였기 때문이다. 그러니까 내가 비명을 질렀던 것은, 가게가 붐비게 되리라는 현실적 이유도 있었지만, 내 추억을 공유하던 비밀스런 장소가 조금 더 덜 비밀스럽게 되어, 나와 내 사람의 유대가 조금이라도 흐려질까 싶어서 그런 것도 있었겠지.

그러니까 사람들이 '나만 아는 무엇무엇'이라고 말하곤 하는 이유 중에는 그런 것도 있지 않을까. 심술이 가득해서, 자기만 생각해서 그런 게 아니라, 오히려 나와 나의 누군가를 생각해서, 그와의 추억이 소중해서 그런 게 아닐까. 내가 알고 있는 가게를 나만의 비결 또는 비법처럼 혼자 알고 있다가 좋아하는 사람을 데리고 갈 수 있는 시대와 점점 멀어지고 있기 때문에 무서워하는 게 아닐까 하는 것이다. 정말로 어딘가를, 무언가를, 누군가를 혼자서만 알려고 하는 사람도 있겠지만, 그런 사람도 많을 것이다. 나의 엄선하고 엄선해낸 취향을 사랑하는 사람에게 보여주고, 그 사람에게 근사한 하루를 선물하고자 하는 사람들 말이다.

니가 뭘 안다고 그래. 여긴 원래 이렇고 저런 곳이야. 그 음악은 원래 이렇게 듣는 음악이야, 나는 이제 있는 심술 없는 심술을 부려가며 그렇게 말하는 사람들을 고약하다고 생각하지 않는다.

그냥, 좀 애잔할 뿐이다.

크리스마스

아주 초라한 크리스마스가 있었죠
사람 많은 거리를 오래오래 걷고
몸 녹일 곳도 없어서 둘이 껴안기만 했던
흔하디흔한 걸 한참을 기다려서 먹어야 했던

아마 삼성동을 오래오래 걸었던가
밍밍한 칼국수를 먹었던가
생각해보면 참 우습네요
다른 날도 아니고 크리스마스였는데
당신 다리도 아프고 추웠을 텐데

그랬을 텐데

어째서 그날 이후로도

당신은 오래 내게 남아주었던 건지

이제는 알 수도 물어볼 수도 없게 됐지만

초라한 크리스마스가 있었네요

근사한 호텔도 이름이 어려운 파스타도 없었던

수많은 사람을 구경하고 원치도 않는 걸 먹었던

다만 손잡고 걷기만 해도 이미 축제 같아서

그날 이후로도 오래 나만의 자랑거리였던

밤 벌레

누구는 귀뚜라미나 여치 방울벌레를

밤에만 운다고 또 밤이랑 잘 어울린다고

밤 벌레라고 부르더라고

내게도 그 무엇의 무엇도 아닌

네 사람이라고 불리기만 원했던 시절이 있었는데

네 앞에서만 웃거나 울길 원하고

네가 좋다면 그곳이 차가운 계단이든

함께하는 것이 무엇이든 용서가 됐던 시절이

보고 싶음, 그리움

누군가를 보고 싶어 한다는 건
이토록 익숙하고 좋은 것 가득한 곳에서
모든 게 다 그대로고 나도 여기 있는데
딱 하나 그 사람만 없어서
초조해하고 괴로워하는 것

그리고 누군가를 그리워한다는 건
이름도 모르는 타인의 뒷모습에서도
이곳에 있을 리가 없는 사람을 발견하곤
마스크 속에서 또 주머니 안에서
잘 지냈냐고 오래오래 속삭이는 것

옷

가끔 가만히 앉아서 생각하는 일조차도 버거
울 때면 작은 옷방에 들어가 걸려 있는 옷들을 빤히
본다. 그러면 그곳에 있는 사람은 분명 나밖에는 없는
데, 내가 아닌 사람들, 말없이 내게 곁을 내어줄 것만
같은 자상한 사람들이 함께 있어 주는 듯한 기분이 든
다. 그건 아마도 셔츠랄지 재킷이랄지 코트랄지 하는
옷들이 옷걸이에 걸리는 순간, 안에서 모양을 잡아준
덕분에 사람의 몸통처럼 보이기 시작하기에 그러는
거겠지.

그것들은 그렇게 내 말과 고민들을 인자하게 들어주는 타인 같을 때도, 어느 세월, 어느 나이, 어느 사랑을 겪어내고 있는 한때의 나 같을 때도 있다. 이 옷을 한창 입고 다닐 때는 한양대학교 앞을 그렇게도 부지런히 돌아다녔었지. 이 옷은 그 사람이 사준 옷이라, 그 사람 좋으라고 만날 때마다 뻔질나게 입고 나갔었지. 이 옷은 그래도 서른이라면 괜찮은 가죽 재킷 하나쯤은 있어야 한다는 말을 듣고 샀던 옷이었지. 그래서 괜히 어른스러워 보이고 싶을 때마다 입곤 했었지. 나는 그렇게 옷들을 바라보며 한때의 나를 복기하곤 한다. 그러고 나온 방에는 늘 조금은 차분해진 내가 있었으니까.

그날도 가만히 작은 옷방에 들어가 옷들을 살펴보는데, 색이 튀지도 않는 셔츠 한 벌이 그날따라 또렷하게 눈에 들어오는 게 아닌가.

검은색 데님 소재의 셔츠였다. 안 그래도 오래되어 면이 삭아버렸는데 거칠게 입기까지 하는 바람에 왼쪽 허리춤이 찢어져 버린 셔츠. 찢어져 버렸는데도 버리지 않는 이유는 하나였다. 그 옷 한 벌이 누군가를 추억할 수 있는 거의 유일한 매개체였기 때문이었다. 한때 함께였던 누군가가 그리워지는 날이 가끔 있기는 있는데, 그 사람을 추억하려고 생각해보니 있는 거라곤 그 옷을 입고 나란히 서서 찍은 사진 한 장뿐이었다는, 그렇고 그런 뻔한 이야기가 깃든 옷이었다.

만약 허리춤이 찢어진 그날 당장 이 옷을 버려버렸다면, 이건 지금쯤 이 우주 어디쯤을 떠돌고 있었을까. 어떤 경로를 통해 제3세계로 날아가 이름도 들어본 적 없는 도시의 사람이 입고 있을지도 모를 일, 불에 타서 날아가 버려 완전히 새로운 물질이 되어버렸을지도 모를 일이다. 그야말로 미련으로 붙들고 있는 물건이 아닐 수가 없는 것이다.

가만히 생각해보면 미련이 깃든 옷은 또 있었다. 물론 그 작은 옷방이 아닌 다른 어딘가에 말이다. 대학 시절에, 좋아하는 아이가 너무 춥게 입고 놀러 나왔다는 말에 부리나케 남색 아디다스 윈드브레이커를 들고 뛰쳐나간 적이 있었다. 친구들과 술을 마시고 있다는 말을 듣고는 주머니에 초코우유며 숙취 해소제며 껌이며 초콜릿이며, 이것저것을 사서 꽉꽉 채웠다. 잠깐 나오라고 전화를 걸고 정말 잠깐 나온 그 아이에게 옷을 건네고 다시 집으로 달려가는 길의 마음은, 그리고 이 옷을 언제 돌려줄지를 묻는 그 아이의 말에 매번 다음에, 진짜 다음에를 중얼거렸던 마음은, 미련이라는 이름이 가장 잘 어울리는 마음이었다. 그리고 또다른 사람, 지금은 누군가의 아내가 된 사람에게 비 맞지 말라며 벗어준 베이지색 쓰리 버튼 재킷 역시, 내게도 그 사람의 비를 막아줬던 날이 있었지, 라며, 한때의 사랑과 헌신을 마치 전쟁에서의 공적인 양 여기게 했던 미련의 매개체였다.

까맣고 하얗고 파란 그 옷들은 그렇게 그때보다 나이 들어버린 내게, 한때 함께였던 사람에게, 또 그전에 함께였던 사람에게 미련이라는 이름으로, 그래도 예쁘게 말해주자면 일일이 청춘의 상징으로 남았다. 말 그대로 내가 미련하여 그를 버리지 못하거나 그 기억을 보내주지 못하는 건지도 모르겠으나, 나는 이런 내가 그런대로 싫지 않다. 그만큼이나 내가 다정하고 따뜻했으며 누군가를 여전히 품고 있다는 뜻이 될 테니까.

옷장에 걸린 코트 한 벌이, 딱 요즘 같은 때에 입기 좋은 그 한 벌이, 아무렴, 그렇고 말고, 그렇게 말해주듯 내 쪽을 보고 서 있다. 외롭지만 외롭지 않은 밤.

서로가 서로에게 서서히

오래 만났건 슬프게도 그렇지 못했건 간에, 나는 늘 연애에 있어서 서로가 서로에게 서서히 얽히고 스미는 것을 꿈꿨다. 어느 한쪽의 취향과 일상이 두 사람을 통째로 삼켜버리는 일보단, 각자의 무엇무엇이 어느새 우리의 무엇무엇이 되는, 그래서 두 사람이 서서히 녹아 합쳐지는 일을. 하루는 서울 한가운데의 호텔에 짐을 풀고 나와 재즈를 듣고 이름도 모르는 술을 마시며 놀고, 또 어느 하루는 듬성듬성 기와집이 있는 오래된 골목을 쏘다니다가 나이가 지긋한 건물에서 곱창전골을 나눠 먹고 싶었다. 각자가 알고 있는 좋은 가게들을 서로에게 자랑스럽다는 듯 알려 주는 일, 그리고 조금은 부끄럽지만, 서툰 솜씨로 꾸민 작업실이나 자취방에 서로를 초대해 음악을 듣는 일. 손으로 적은 편지와 비싸지 않은 선물들을 호흡처럼 자주 주고받는 나날을 상상하는 일은 한 살씩 나이를 더먹는 것과 상관없이 늘 나를 사춘기 아이로 만들었다. 그리고 나는 지금도 여전히 소년처럼 이인분의 장면들을 망상한다.

당신은 어떤 사람일까. 포장마차나 길거리 음식을 좋아하는 사람일까. 만약 그렇다면 꼭 남대문 시장에 가자고 해야지. 시장 곳곳을 구경하고 배가 꺼질 때마다 이것저것 먹으면서 다니자고 해야지. 여기 어딘가엔 낡은 카메라를 파는 곳이 많다는데 우리 사진이나 찍고 다니자고 할까. 일부러 못나 보이게 아래에서 셔터를 눌러보기도 하고 저기에 서보라고 하고 한껏 엎드려서 사진을 찍어 줄까.

물론 어떤 날은 형편없기도 하겠지. 다투는 날도 있겠지. 그래도 우리는 나와 네가 아닌 우리의 말투를 쓰며 싸우겠지. 그러다 들을 때마다 웃게 되는 말버릇 때문에 피식피식 화해하기도 하겠지. 또 어떤 날엔 당신이 아프기도 하겠지. 그럼 나는 정말 좋아하는 가게라고 당신이 말했던 곳으로 무작정 찾아가야지. 여기 혹시 포장도 되나요, 그 사람이 메뉴판엔 없지만 이 메뉴랑 저 메뉴를 섞어서 주문할 수도 있다는데 혹시 그렇게 되나요, 쑥스럽지만 그렇게 여쭤봐야지.

알고 보니 나도 당신도 필름 카메라를 만져본 적이 없었더라도, 그래서 뭔가가 잘못돼서 온통 뿌연 섬광 같은 사진들만 인화되었대도 나는 그것들을 버리지 말아야지. 방 어딘가에 붙여두곤 바보 같은 우리 모습이라고 적어놓아야지. 그러다 뜬금없이 그것에 눈부셔하기도 해야지. 나란히 앉아 달리는 길, 깨어 있는 사람이 졸고 있는 사람의 이마 위에 손차양을 만들어주거나 귓불을 만져 주기도 하는, 우리 미래 여행길의 화창함을 미리 보기라도 하는 것처럼.

삼 년 뒤

같이 찍은 사진이 이렇게 없었나

현실적인 꿈

한 번은 같은 일을 하는 사람과 어쩌다 동선이 겹쳐, 어딜 가나 흔히 보이는 이자카야에 들어가 저녁 겸 맥주 한잔을 함께한 적이 있었다. 그 사람은 나와는 다르게 굉장히 활발한 타입으로, 보면 볼수록 '말이 이렇게 많은 사람이 어떻게 글자도 그렇게 많이 쓸 수 있는가'를 궁금해하게 만드는 사람이었다. 내 경우엔 말이 별로 없어서 겨우겨우 일이 년에 한 번씩 책을 묶어낼 수 있을 정도가 되는데. 이 사람은 그만큼이나 생각이라는 걸 정력적으로 하는 건가 싶기도 하고 그랬다.

아무튼 그 사람, 오늘 있었던 일 얘기, 요즘 만나는 사람 얘기를 하더니, 기어코는 쓰는 일 이야기를 하기 시작한다. 보통은 어떤 걸 쓰는지, 왜 쓰는지, 어떤 방식으로 쓰는지, 쓰는 게 잘 안될 땐 어떻게 하는지... 나는 그 질문들에 거짓 한 스푼 보태지 않고 대답했으나, 그 사람은 어째선지 믿지 않는 눈치였다. 그만큼이나 직업만 같고 모든 것이 다른 사람들이었던 거다, 우리 둘은.

"작가님은 작가님이 전에 쓴 책들 펼쳐볼 때마다 어떤 기분이 들어요?"

그가 물어왔고, 나는 '저는 제가 낸 책 잘 안 보는데요.'라고 대답했다. 그랬더니 그 사람, 어쩌면 그렇게 쿨한 태도를 가질 수 있느냐며 놀란다.

어쩜 그렇게 쿨할 수 있느냐고? 아니? 전혀. 오히려 정반대였다. 내 지난 책들을 들여다보면 어쩔 수 없이 내 실수 또는 미숙함이 보일 텐데, 그때마다 후회하는 것이 너무도 괴롭기 때문에 잘 들여다보지 않는 것이었다.

신간 원고 작업을 마무리 지을 때마다, 나는 내게 묻는다. 원고, 너는 마음에 들어? 라고. 그리고 지금 쓰고 있는 이 책을 포함하면 열세 권째 마감을 하게 됐는데, 어쩌면 변하는 게 하나도 없이 매번 똑같다. 책이 서서히 만들어져가는 게 즐겁긴 한데, 반대로 해도 해도 아쉬워지는 양가감정이 드는 것이다. 더 잘하는 방법이 있을 텐데, 더 감정을 건드릴 만한 게 있을 텐데, 그렇게 머리를 쥐어뜯는다. 그리고 끝내 원고가 인쇄소에 전달되면, 그때가 돼서야 아, 이거 쓸걸, 이렇게 고칠걸, 한다. 그렇게 아쉬움과 후회가 범벅이 된 책들이 다른 사람들 눈에는 몰라도 내 눈에는 좋게만 보일 리가 없는 것이다. 죽을 때까지 글을 쓴다는 가정하에, 아마 나는 50년 뒤에도 그럴 것이고 어쩌면 죽고 나서도 그러고 있겠지...

나와 모든 게 달랐던 그 작가는 자신의 목표는 이렇고 저런 문학상을 받고, 몇 개의 나라에서 번역판을 내는 거라고, 잘 지켜보라고 말하며 나와 작별했다. 멀어져서 사라질 때까지 연신 손을 흔드는 것이 끝까지 저 사람답다고 생각했다.

난 모르겠다. 무슨 무슨 문학상이고 어띤 나라 말의 번역판이고 자시고, 나는 그저 새로운 책을 낼 때마다 몰려오는 그러한 후회들이 조금씩이나마 줄어들기를 원한다. 후회도 아쉬움도 서서히 줄어들고, 내가 내 작업에 만족하는 순간들이 늘어가기를. 그래서 먼 미래의 어느 날에는 기쁜 마음으로 내 책을 펼쳐볼 수 있기를. 이게 현실적인 내 꿈이다.

야금야금

십 년 이십 년
보는 사람들이 놀랄 정도로
한 가지 일에 집요하게 매달리는 사람들
그래서 평생 한 번도 주목받지 못하다가
마침내 누구보다 밝게 타오르는 사람들

그런 사람들에게는 당연히
언젠가는 해낼 거라는 확신이 있었다거나
처음부터 가슴속에 아주 단단하고 커다란
마음이 있었을 거라고 함부로 넘겨짚지 마

오히려 희망도 무엇도 없이
그저 자신이 지금까지 야금야금 수집해온
아주 작은 성공의 기억들을 품에서 꺼내 보며
오래오래 버텨왔던 건지도 모르니까

그러니 너도 화려한 엔딩이나 박수 소리는
까마득히 멀어서 보이지도 들리지도 않고
과연 끝이 있기는 있을지 막막하기도 하겠지만
매일의 칭찬거리와 작은 자랑거리들을
너만은 외면하지 말고 주머니에 모아가며

야금야금 걷다 보면
어쩌면 언젠가는

기도가 닿는 순간

모든 쓰는 사람, 나아가 무언가를 창작하는 사람들이 그렇겠지만, 마감은 사람을 괴롭게 만든다. 시간은 한정되어 있고 결과물은 썩 마음에 안 드는데, 지금부터는 무조건 잘해야 한다는 걸 알면서도 손은 안 움직이고 나는 가만히 앉아서 또는 방을 빙빙 돌며 괴로워만 한다. 그러는 동안 시간은 계속 가고, 하루는 야속하리만치 괴롭고도 덧없이 흐르고, 그럼 좀 미리미리 해놓지 그랬어 누군가는 속없이 말하고, 그게 좋다는 걸 내가 누구보다 잘 알지만 그런 건 애초에 가능한 일이 아니고...

그런 날이면 오만 가지 생각이 다 든다. 나는 왜 이 일을 하는가. 한때는 즐거워서 시작한 일이 이렇게 괴로운 일이 될 수도 있는 건가. 왜 옛날처럼 안 되는가. 그 사람은 잘하던데 왜 나는 그러지 못하는가. 어디 뭐 새로운 것 없는가. 아니 사실은 모든 게 새롭지만 나와 내 영혼이 낡아버려서 나는 낡은 것밖엔 쓸 수 없는가.

하지만 그러면서도 몸은 살아보겠다고 발악을 하니, 배는 고프고 눈은 감겨왔다. 그럼 밥만 먹고 바로 열심히 써보자고 마음먹은 것도 잠시, 먹으니 바로 잠이 쏟아지고 한 시간만 자보겠다고 눕고 나면 기어코 해가 뜨고 난 뒤에야 잠에서 깨곤 했다.

기분 나쁜 햇볕. 시들어가는 기분.

그래, 그건 시들어가는 기분이었다. 적당히 그늘에 있어야 그곳의 분위기도 기후도 즐길 수 있는 식물이, 너무 커다란 빛과 열에 노출되어 매일매일 시들어만 가는 기분. 나는 그렇게 아침을 맞은 날이면 또 완전

히 다른 사람이 되어, 전날과 달리 밥도 안 먹고 잠도
안 자는 사람으로 낯선 하루를 보내곤 했다.

그날 아침도 그런 아침이었다. 눈을 떴을 때 나는
편한 옷도 아니고 셔츠와 청바지를 입은 채로 침대에
엎어져 있었고, 밖에서는 차와 사람들의 소리가 들려
오고 있었다. 책상 위에 있는 컴퓨터는 기약 없이 떠
난 주인을 기다리는 개처럼 헐떡대며 켜져 있었다.

나는 아무것도 생산해내지 못한 주제에 전기세나
축내는 도둑놈이다. 그렇게 혼잣말하며 책상 앞에 앉
는다. 평소보다 컴퓨터 돌아가는 소리가 크게 들려오
는 것만 같았다. 넌 내가 게임이나 영화를 틀어두고 잔
것도 아닌데 뭘 이렇게 시끄럽게 돌아가고 있어, 성능
이 나빠졌나. 그렇게 생각하며 켜져 있는 것들을 둘러
보는데, 그 목록에는 작업하는 원고들 말고도 인터넷
브라우저가 하나 켜져 있었다. 빨갛고 흰 로고 버튼을
봤을 때 유튜브를 틀어둔 채로 잠들어버린 것 같았다.
어차피 소리도 다 줄여놓고 누웠었는데, 꺼놓고 잘걸.
아무 소리도 없이 동영상만 재생되고 있었겠네.

하지만 재생되고 있는 영상의 제목이 유독 눈에 커다랗게 들어와 박힌 건 어째서였을까.

'시들지 않는 꽃이 되어줘요.'

그건 정말이지 뜻밖에 내게 날아와 박힌 문장이었다. 아닌 게 아니라 그건 내가 틀어둔 영상이 아니었다. 음악을 들으며 작업하던 어젯밤, 내가 잠든 이후로도 자동으로 다른 재생목록들이 알고리즘을 통해 재생되고 있었고, 마침 내게 발견되었을 때 그 영상이 재생되고 있었던 것이다.

그리고 그 한 문장은 내게 와서 하루의 출발을 누구보다도 잔잔하게 응원해주는 말이 되어주었다. 잘 다녀오라며 등을 어루만져주는 가족 또는 애인처럼, 오늘의 안녕을 강요하지도 기대하지도 않지만, 너는 너로 있기만 하면 된다고 말해주는, 그런 잔잔하고도 술술 넘어가는 응원. 그날 나는 지난날들과는 다르게 또 염려와도 다르게 씩씩하게 일에 임할 수 있었고 한두 번이긴 하지만 웃을 수도 있었다. 아무것도 쓰지 못

하는 하루가 아닌, 글자 몇 조각이라도 적어넣고 저장
버튼을 누를 수 있는 하루를 보낼 수 있었다.

왜 이렇게 시들어가는 것들밖에는 없는가, 그런 물음
만 가득한 나날들 속에서 촉촉한 수분과 한 줌의 영양
분이 되어준 것이 우습게도 고작 동영상 하나에 붙여진
제목이었다니. 이래서 사람들이 삶이라는 건 정말 알
다가도 모르는 것이라고 말하는 건가 싶기도 하고.

가끔 그런 순간들이 있다. 나는 그저 평소와 똑같이
하루를 시작하고 똑같이 하루를 마치는데, 똑같이 좌
절하고 똑같이 아파하는데, 그 과정에서 놀랍도록 조
용하고 작지만, 한편으론 놀랍도록 고맙고 커다랗게
다가오는 것들을 마주하는 순간들. 마치 그날 내가
우연히 눈에 들어온 동영상의 제목에 힘을 얻었던 것
처럼, 또 어느 날 세수를 하고 나와 내 방으로 향하는
데 어머니의 작은 기도 소리, 제 아들이 힘을 내게 해
주시고, 라는 기도 한 조각을 마침 내가 들었던 것처
럼, 그래서 힘을 안 내려야 안 낼 수 없는 사람이 되었
던 것처럼. 나는 그런 선물 같은 우연들이 꽤 많은 사

람의 목숨을 오늘날까지 붙잡아주었다고 생각한다. 그리고 아마 기도하는 자들은 그런 광경들 앞에서 다행히도 감사하게도 자신의 기도가 통했구나 생각하는 것일지도 모른다.

언젠가부터 힘이 드는 날에는 작은 것들에 집중한다. 창밖에 모양이나 빛깔이 유난히 예쁜 들꽃은 없는지. 바람이나 새 소리가 들려오진 않는지. 누가 날 위해 기도하고 있지는 않은지. 그러다 보면 무엇 하나라도 내게 다가와 나를 웃게 하곤 했다. 그러면 나는 누군가의 기도와 응원이 닿은 걸까 하여 괜히 설레고, 그래도 좀 더 잘살아봐야겠지 한다.

둘이 떠난 여행

그해 여름에 열 살도 안 됐던 나와

마흔도 안 됐던 내 엄마는 성곽길도 있고

너머로 바다도 있는 낯선 도시에 있었는데

가만 생각해보니 그건 나와 엄마 둘이 떠난

처음이자 마지막 여행이었다

그해 엄마가 나를 데리고 여행을 떠난 까닭은

차마 어린 내게 말하지 못할 서러운 까닭

앞으로도 굳이 말하지 않을 까닭이었을지 모르지만

그때의 나는 그런 것은 다 제쳐두고

모기에게 발뒤꿈치를 물린 것이 짜증스러워

얼른 집으로 돌아가자고 칭얼대고만 있었다

집에 갈래 아프고 가렵단 말야
바다도 돌로 만든 벽도 안 예뻐
그 말만 반복하는 나를 엄마는
업어서라도 조금 걸어보려다가
그러기엔 힘도 마음도 달려서
이내 작은 여관방으로 돌아갔을 것이다

다 커버려서 당신의 그 작은 몸을 업고
동네를 열 바퀴라도 돌 수 있게 된 지금
나는 뒤늦게 그런 게 궁금하다
뭐가 그렇게 서럽고 무료해서
그만큼이나 낯선 마을을 찾았던 건지
혹시라도 다시 가보고 싶지는 않은지

지금은 모기에 물려도 날이 더워도
잘 다녀올 수 있는데

늘 안녕인 것처럼

"다녀올게?"

매일 아침 모든 준비를 마치곤 나서는, 꼭 거울 앞에서 놀고 있는 노란색 앵무새에게 손을 흔들어 인사를 건넨다. 그런다고 마찬가지로 그가 날개 한쪽을 흔들며 화답한다거나 가지 말라며 어깨에 매달린다거나 하는 건 아니지만, 오히려 무심하게 쳐다보기만 하여 나를 무안하게 만드는 때가 훨씬 많지만, 그래도 그래야 조금이라도 마음이 놓여서 그런다.

그날도 다를 바 없는 아침이었다. 출근 준비를 마치고 손을 흔들며 녀석에게 다녀올게, 말하려는데, 이상하게 그 말이 나오지 않았다. 그러게, 이상하네, 다녀오지 못할 수도 있겠구나. 내가 떠나거나 얘가 떠나거나 해서 영영 안녕일 수도 있겠구나. 별안간에 그런 생각이 든 것이다. 그날은 손을 뻗어 그 아이를 손가락에 올라오게 한 뒤에 평소보다 오래 눈을 맞추었다. 그리곤, 안녕, 평소와는 다른 인사를 건네고 집을 나섰다. 그 까만 눈으로 무슨 생각을 하는지는 알 수 없었지만, 안녕, 그도 그렇게 눈인사를 한 거였다면 좋겠다고 생각했다.

또 한 번은 그런 적도 있었다. 마찬가지로 아침에 집을 나설 때였다. 출근 준비를 마치고 안방에 누워 있는 어머니께 '저 갈게요.'라고 말했는데, 어머니는 '다녀온다고 말해야지 어디 영영 가버릴 것처럼 갈게요라고 하느냐'며 말씀해오시는 거다. 나는 그냥 나오는 대로 말했을 뿐인데, 그게 그렇게 들릴 수도 있겠구나 생각이 들어 조금은 놀랐었다.

두 이야기는 방향은 다르지만, 한편으론 다음이 없을지도 모른다는 생각 또는 겁으로부터 생겨난 일들이니 궤를 함께하는 이야기일지도 모른다.

늘 안녕인 것처럼 사는 마음이란 어떤 마음일까. 다음이 없을 수도 있다는 것은 너무나도 사람을 불안하고 힘들게 만드는 일이지만, 그래도 감사한 일도 있기는 있다. 바로 늘 조금 더 살가운 사람, 최선을 다하는 사람, 좋은 것을 누리려 하는 사람이 된다는 점이다. 다음이라는 게 허락되지 않을지도 모르니, 조금이라도 더 다정하게 말하고 행동하게 됐다. 오늘 마치지 않으면 이 글이 영영 미완으로 남을지 몰라 꾸역꾸역 이를 악물고 마침표를 찍곤 했다. 거긴 다음에 가지 뭐, 다음에 먹지, 다음에 해보지 하는 것들을, 그래도 이왕 온 김에 다 누리고 만끽해보려 분주히 움직이게 됐다.

그런 것들은 나를 조금씩 이전의 나와는 다른 사람으로 만들어주었다. 미루고 미루다가 수많은 것을 잃었던 내가, 아주 느리지만 분명히 한두 가지쯤은 손안에 붙잡을 수 있는 사람이 되어가기 시작한 것이다. 나는 그런 의미에서 죽음이나 이별이 한편으로는 사람을 더 행복하게 하고 잘 살게 한다고 생각한다.

다녀올게보다는 안녕, 내가 다음을 기약하는 말보다 작별의 말을 건네는 이유는, 그만큼이나 오늘 당신에게 충실했으며 만약 다음이 허락된다면 누구보다도 행복해하겠다는 말이 되겠다. 그러니 당신, 바라건대 오늘도 부디 안녕하시길.

모험

아주 어렸을 적의 내게는, 당시 우리 집에 차가 없어서 그랬던 건지는 몰라도, 남의 차를 타는 일이 언제나 여행처럼 설레는 일로 다가왔다. 엄마나 아빠 따라 택시를 타고 서울에서 서울만 가도 마음이 들떠서 그날 밤 잠자리에 드는 일이 어려웠다. 버스도 아니고 전철도 아니고 어느 한 사람, 어느 한 가족의 소유일 뿐인 쇳덩이가, 그만큼이나 빠르고 그만큼이나 마음대로 어디든 갈 수 있다는 것이 신기하고 부러웠었나 보다.

그중에서도 가장 부러움의 대상이었고 언제나 타길 원했던 것은 이모부의 봉고차였다. 내가 엄마, 이모들, 사촌 동생과 함께 그 커다란 봉고차를 타는 날은 일 년 중 손에 꼽을 수밖엔 없었다. 내가 태어나기도 전에 돌아가신 외할머니 산소에 가기 위해 온양에 갈 때 말고는 탈 일이 없었던 것이다. 나는 내 세상에서 가장 큰 차를 탈 때마다, 그리고 (지금 그러면 큰일 나지만)모든 좌석을 뒤로 펼치면 침대처럼 실내 전체가 평평해지는, 세상에서 가장 편안한 차를 탈 때마다, 마치 우주선이라도 타는 것처럼 설레곤 했었다. 이렇게 빠른데 이렇게 크고 이렇게 편하게 누워서 갈 수 있다니! 귤을 까서 먹고 과자도 뜯어서 먹을 수 있다니! 그런 생각에 시도 때도 없이 흥분했던 것이다. 지금 생각해보면 엄마와 이모들 입장에선, 돌아가신 어머니를 뵈러 가는 길, 그리움과 눈물이 넘실대는 길이었을 텐데, 그 길을 마냥 신나게만 여겼던 걸 보면, 그만큼이나 어리고 철이 없기도 힘들었는데. 뭐가 그렇게 좋다고 차 안에서 방방 뛰어댔던 건지.

봉고차가 온양을 향하는 동안에는 라디오 소리가 들리다가도 카세트테이프로 틀어둔 자우림 노래, 이소라 노래가 들려오기도 했다. 내비게이션이 있을 때도 아니었으니 봉고차는 잘 가다가도 중간중간 지도를 펼쳐보기 위해 몇 번을 멈춰서야 했고, 때로는 늦여름의 진창에 한겨울의 눈길에 빠져서 몇 시간을 허우적거려야 했다. 가끔 너무도 밤새워 달려서 차가 비틀비틀거리곤 했던 어느 밤에는 휴게소라고 부르기에도 민망할 정도로 허름하고 무례한 곳 덕분에 싸웠던 적도 있었다. 그런 우여곡절들 역시 어른들의 입장에선 당황스럽고 곤란하고 속이 터질 지경이었겠지만, 뭣도 모르는 나와 사촌 동생에게는 하나하나가 전부 모험 같고 만화영화 같았다. 모든 순간이 두근거렸다.

언제 이렇게 나이가 들었는지는 몰라도 나도 이제는 매일매일 운전을 한다. 그리고 정말 컨디션이 안 좋고 피곤한 날에는 아주 잠깐씩 비틀거리며 운전해서 놀란 가슴을 쓸어내리곤 할 정도로, 운전은 어느새 은근히 지루하고도 귀찮은 일이 돼버렸다. 그저 내비게이션이 안내하는 대로, 졸리고 심심하면 블루투스로 틀어둔 노래나 따라 부르면서, 정해진 길을 자석처럼 이끌려 달릴 뿐이다.

아무리 기술이 좋아지고 차가 달라졌다고 하더라도 바퀴 네 개 달린 쇳덩이를 타는 것은 그때나 지금이나 똑같은데, 어째서 이렇게 차라는 것을 지루하게 생각하게 됐을까. 추측해보건대, 아마도 어린 날의 내가 차를 탈 때마다 신났던 것은, 누군가와 함께 어딘가로 모험을 떠나는 기분으로 집을 나서, 길을 자꾸만 잘못 들고 어딘가에 멈춰서 머리를 맞대고 고민했던 것이 즐거웠기 때문이 아니었을까. 경기에서 서울, 서울에서 서울을 오간다고 하더라도, 가끔은 모험을 떠나는 것만 같은 마음을 품어보는 게, 정해진 길만 다니는 게 아니라 때로는 길을 잘못 들고 난처한 감정을 느끼게 되는 새로운 흐름이 필요한 게 아닐까. 하루하루의 출퇴근길에서뿐만 아니라, 사는 전반에 있어서도 너무 편하게만 가기보단 때로는 하나부터 열까지 내가 스스로 고민하고 해결하려는 태도를 가질 필요가 있는 게 아닐까.

언젠가는 내비게이션 없이 달려볼까 한다. 아무리 깊은 숲길만 이어지고 막다른 길이 나를 반긴다고 하더라도, 내 순수한 결정을 통해서만 도착한 곳이므로 그곳이 어떤 곳이든 반갑기만 할 것이다. 삶이 모험만, 여행만 같아질 것이다.

깊고 담백한 맛이 있는 사람

그래도 완전 망나니처럼 살아온 건 아니었는지, 어찌어찌 사람을 사귀면서 살아오긴 한 건지, 운전을 하면서 산책을 하면서 무작위로 음악을 듣다 보면 아는 사람들 노래가 많이 나온다. 장르도 나이대도 다양해서 나름의 듣는 재미도 있고, 그 사람의 노래가 들리기 시작하면 그 사람은 잘 지내고 있으려나 하는 반갑고도 그리운 마음도 생긴다.

그날도 차에 올라 시동을 걸고 임의 재생 버튼을 누른 뒤 집으로 향했다. 이런저런 노래가 흐르고 곧 가까운 친구의 노래가 들려오기 시작했다. 내가 아주 오래전부터 좋아했던 노래였다. 나는 그 노래를 어색하게 따라 부르기도 하다가, 휘파람을 불어보기도 하다가.

"그래도 얘는 이때 노래들이 되게 좋았는데."

무의식중에 그렇게 말하곤 흠칫 놀라버린다. 이놈의 입버릇 좀 봐라. 그럼 지금은 별로라는 거야 뭐야. 내 친구 속상하게. 아니, 나의 개인적 취향에 따라 그때의 노래가 좋고 지금의 노래는 다소 덜 좋다고 생각할 순 있더라도 그걸 입 밖으로 내는 것은 다른 영역의 문제였다. 나는 차 안에 나밖에 없어서 다행이라고 생각하며 다신 이런 말을 하지 않겠다고 다짐했다.

사실 흔한 일이다. 작업물의 컨디션이 예전만 못하거나 예전과는 다른 작업을 하는 음악가와 미술가, 그 외의 예술가가 있고, 사람들은 그들에 관해 쉽게 떠들곤 한다. 감을 잃었다느니 퇴화하고 있다느니 약발이 떨어졌다느니 하는 식으로 말이다. 하지만 간과하고 있는 게 있는데, 무엇보다도 그것을 잘 아는 사람들은 그들이라는 사실이다. 어느 순간 전과 같은 소리나 그림이 나오지 않았을 것이며, 전처럼 독창적인 것들을 쏟아낼 수 없었을 것이고 그만둘까를 계속할까를 며칠에 한 번씩 생각했을 것이다. 술에 취해서 스스로의 실력 없음과 나태함을(사실은 실력이 없는 것도 나태한 것도 아니었을 텐데) 몇 번이고 비관했을 것이다.

나 역시 그랬다. 나도 한때는 내가 쓰는 글은 나만 쓸 수 있다는 믿음, 그리고 너는 정말 기발하고 독창적이고, 아주 가끔은 천재적이기까지 하다는 주변 사람들의 응원에 흠뻑 젖어 힘껏 사유하고 쓰고, 그 과정을 즐겼던 때가 있었다. 그리고 지금 생각해봐도, 그때와 같은 글을 나는 이제 다시는 쓰지 못할 것이다. 그만큼이나 내게는 찬란한 시절이었고 마음들, 생각들, 작업들이었다.

하지만 시간이 지나고 그에 따라 써낸 글과 펼쳐낸 책의 수가 점점 늘어나면서, 나는 아주 서서히 조금은 덜 참신한 글, 안전한 글, 나를 속이는 글, 흔한 글을 쓰기 시작했고, 지금에 와서는 무언가가 번뜩이는 글보다는 편안하게 술술 읽히는 글을 쓰는 사람이 됐다. 그리고 때로는 그런 내가 싫기도 많이 싫었다.

글을 쓰는 사람, 그림을 그리는 사람, 음악을 하는 사람, 나아가 예술이 아닌 일을 하는 사람이나 그저 자기 삶이 전만큼 마음에 들지 않는 사람 모두에게 해주고 싶은 말이 있다. 과거의 내가 찬란했던 것, 그리고 지금의 내가 그때와 같지 않다는 것은, 나를 둘러싼 많은 것이 바뀌었기 때문에 당연한 일인 것이지 내가 잘못됐다거나 나태해서 그런 게 아니라는 것이다. 그때에는 그때 나름의 새로움과 고민과 재료들이 있었기에 그때의 멋진 것을 할 수 있었을 뿐, 지금의 내가 그런 것들을 잃어버리고 매일매일 똑같은 하루를, 가끔은 지루하게 느껴지는 하루를 살게 됐다고 해서 글러 먹은 것은 아니다. 오히려 전보다 더 안정적인 사람이, 깊고 담백한 맛이 있는 사람이 되었으니 다행인 것, 순리를 따라가고 있는 것이라고 생각하는 게 건강한 방향이다.

이제는 전과 같진 않을지라도, 사람들의 손뼉 소리가 작아졌을지라도 계속 무언가를 연구하고 묵묵히 해나가는 사람들이 좋다. 더 먼 미래에는 또 얼마나 기품이 넘치고 꾸준하고 단단해진 모습을 보여줄지를 기대할 수밖에 없게 된다.

한국시리즈

식당에서 혼자 밥을 먹으며
심드렁하게 야구 경기를 본다
사실 본다기보다는 텔레비전 쪽에 시선을 둔 채
입 안에 있는 것을 씹는 쪽에 가까웠을 것이다
한국시리즈를 하는 걸 보니 가을은 가을이군
잘 보진 않지만 저 경기가 무엇을 의미하는지는 안다

에이스 역할을 하는 투수 한 명이 공을 던지고
상대 타자에게 시원하게 홈런을 두들겨 맞는다
그는 고개를 가로저으며 손을 내려다보고
그의 손가락에서는 피가 흐른다

얼마나 흥건하면 흰색 바지춤마저 빨개져 있었다

결국 그는 마운드에서 내려가고

나는 돌풍을 일으키며 올라온 팀이더라도

지치는 것에는 답이 없군, 여기까지야,

그렇게 생각하곤

다시 고개를 숙이고 심드렁히 밥을 먹었다

그날 밤 심심한 마음에 핸드폰을 들여다보았는데

역대급 역전승이라는 커다란 글씨와 함께

내가 질 거라고 예상했던 팀이 정규시즌 1위 팀을

7대 6으로 이겼다는 소식을 보았을 때

몰려오는 감정은

그들의 피와 땀과 투지에 대한 경외심이었을까

내 지난날들을 향한 미안함이었을까

해피엔딩

　　채소가 들어간 음식 중 거의 유일하게 좋아하
는 것이 있습니다. 바로 라따뚜이라는 요리인데요. 가
지, 호박, 토마토 같은 것들을 넣고 뭉근하게 끓인 채
소 스튜입니다. 어릴 때부터 다 싫어도 토마토소스는
좋아했는데, 그래도 친숙한 맛이라고 먹기에 좋았었
나 봅니다.

같은 이름을 가진 영화 〈라따뚜이〉 역시 좋아합니다. 다른 생쥐들보다 미각과 후각이 뛰어난 생쥐 레미가 인간들의 전유물인 요리사가 되기를 꿈꾸는 애니메이션 영화입니다. 그는 진심으로 요리를 사랑하기에 먹고 만들고 생각하는 일을 쉬지 않습니다만, 자신이 사람이 아니라는 사실, 심지어 주방에서 없어져야 할 생쥐라는 사실이 매번 그의 발목을 붙잡습니다. 위생 담당자에게 들켜버리거나, 모함당하거나, 시험에 드는 방식으로 그는 몇 번이고 좌절합니다. 하지만 결국 그 무엇도 아닌 요리의 맛만으로 자신의 실력을 증명하게 되고, 꿈꿔왔던 요리사가 되면서 영화는 막을 내립니다.

드라마 〈나의 아저씨〉는 어떤가요. 주인공인 지안과 동훈 두 사람은 각자의 시련에서 허우적거립니다. 권모술수에 휘말리고 늘 그래왔듯 가난과 씨름하기도 합니다. 믿어왔던 사람에게 배신당하고 소중했던 사람을 떠나보냅니다. 하지만 그들은 각자가 지닌 담담한 내력과 투박한 따뜻함으로 서로와 스스로를 치유해 주고, 결국 그들 나름의 편안함에 이르게 됩니다.

저는 그러한 영화나 드라마를 끝까지 보는 일, 그리고 이미 한 번 본 작품이더라도 한 번, 열 번 더 보는 일을 굉장히 좋아합니다. 작품성이나 영상미, 음악, 배우들의 연기가 좋아서도 있지만, 그들이 작품 속 스토리 라인의 상승과 하강을 온몸으로 타면서 결국 행복에 이르는 것을 보는 게(물론 몇몇 작품은 비극적으로 끝나긴 하지만) 좋기 때문입니다.

현실에선 그렇지 않은 경우가 더 많습니다만, 영화나 드라마, 소설처럼 이야기가 있는 작품에서는 주인공에게 고난과 행복이 번갈아 가며 찾아오곤 합니다. 아마 그래야만 이야기가 만들어지기 때문일 것입니다. 아무 일도 일어나지 않고 안온한 날들만 계속된다면, 그것은 드라마도 영화도 될 수 없겠지요. 매일 똑같은 데이트만 하는 연인들의 이야기로는 영화를 만들기 힘들듯, 몇 계절 내내 출퇴근만 반복하는 이야기로는 드라마를 만들기 어렵듯이.

상승과 하강, 그리고 그 끝에는 결국 웃음 지을 수 있는 결말이 기다리고 있다는 것. 어쩌면 그래서 드라마와 영화가 극적인 행복감과 감동을 주는 것일지도 모르겠습니다.

우리, 모든 게 끝난 것 같거나 유난히 내게만 세상이 가혹한 것 같을 때면, 우리의 삶을 영화라고 생각해보면 어떨까요. 너무도 극적인 행복과 감동과 희소식들이 내게 찾아오기 전에, 소품이나 준비물 같은 시련들이 나를 할퀴고 가고 있을 뿐이라고 생각해보는 거예요. 아무런 말도 위로가 되지 않고 어떤 것도 쉬이 바뀌지 않을 것 같다면 제가 조연이라도 하다못해 단역이라도 되어 당신을 빛나게 해드릴게요. 좋은 역할을 하는 소품, 가구, 물건이라도 되어드릴게요.

오래 걸리지 않아 찾아올 거예요.
당신의 해피엔딩 말이에요.

3부

이만큼이나
낭만적이고
멋진 사람

약속

비가 오는 날에는 전이 생각납니다.

그날도 비는 많이 내리고, 집까지 운전해서 가기는 성가시고, 술이나 마시고 내일까지 여기서 있어 버리자는 식으로 우산을 쓰고 작업실 주변 전집에 갔습니다. 이것도 먹고 싶고 저것도 먹고 싶어 모듬으로 포장해달라고 말씀드렸더니 혼자 다 먹지도 못할 만큼 넉넉한 양의 전이 철판 위에서 데워지기 시작했습니다.

저걸 다 어떻게 하나, 먹고 또 먹고 내일까지도 먹어야 하나, 그렇게 생각하며 주변을 둘러봅니다. 참 오래된 전집입니다. 가구들은 낡았다는 말도 과분할 정도로 오래됐고 벽에는 몇 년 전부터 몇 명이나 되는 사람이 남겼을지도 가늠이 안 될 정도로 낙서들이 가득합니다. 그렇게 계속 사방의 벽을 눈으로 훑는데, 누군가가 남긴 낙서 하나가 내 눈에 오랫동안 머물기 시작합니다.

사랑해.
우리 체코 다녀와서 결혼하자.

언젠가 이곳에, 내가 앉아 있던 이 자리에 있었던 두 사람은 결국 체코에 다녀왔을까요. 그래서 정말로 결혼을 했을까요. 아니면 계획만 세워두고 다녀오지 못하게 돼버린 건 아니었을까요. 아주 혹시라도, 어떤 사정이 생겨서 둘이 아닌 한 명만 찾아오게 되진 않았을까요. 그렇게 망상을 이어가다가 얼른 고개를 가로

젓습니다. 알지도 못하는 사람들의 어떻게 됐을지도 제대로 모르는 일을 함부로 생각하는 것은 예의가 아니라고 생각했기 때문입니다. 하지만 정말이지, 그런 식으로 기록된 연인들의 약속을 보면 늘 가슴이 아리곤 하는 건 어쩔 수 없는 일인 것 같습니다. 그래서 저는 어디에든 섣불리 약속의 흔적을 남기지 않으려 합니다. 우리의 약속도 누군가가 보기엔 괜히 아련하게 보일까 봐서요. 나처럼 무례한 누군가가 함부로 우리의 만남과 이별을 망상할까 봐서요.

하지만 기록으로는 아니더라도, 하나쯤 섣불리 약속하고 싶은 마음은 있습니다. 다음에, 다음에, 라는 말로 약속만 일삼지 않기를 약속하고 싶은 겁니다. 우리가 언제까지나 과거나 미래가 아닌 지금에만 집중하는 사람들이라면, 그래서 뭐든 어디든 그때그때 해버리고 가버리면 얼마나 좋을까요. 불가능에 가까운 바람이지만, 나는 그런 약속이라면 섣부를지라도 서로 흔쾌히 해버린다면 좋겠다고 생각합니다.

비가 오는 날에는 같이 어느 낡은 가게에 갈까요. 우리 어디를 가서 뭐를 하자, 약속하는 낙서를 쓰기보단, 우리가 지금 여기에 있다, 그렇게 지금을 기록하는 낙서를 남겨두어도 좋겠습니다. 나올 땐 거울 좀 보고 따라 나가겠다고, 먼저 잠깐 나가 있으라고 말하고는, 사랑한다는 말을 몰래 적어놓고 당신 뒤를 뒤따라도 참 귀엽겠습니다.

사춘기

이거 봐라
요리하다가 기름이 튀어서
흉이 하트 모양으로 남았어
귀엽지?

별별 것들이 다 사랑이었던 시절

페이드아웃

이별이 슬픈 것은 관계는 끝났는데 보고 싶은 마음은 아직도 끝나지 않아서 그런 것도 있고, 내 생활의 일부가 되었던 것들이 일순간에 뜯겨 나가서 통증의 일환으로 느껴지는 것도 있겠지만, 정말로 이별이 슬픈 것은, 그토록 생생했던 장소와 시간과 이름들이 점점 흐려져 가기 때문이라고 생각한다. 그곳은, 그때는, 그 사람은, 이미 내게 너무나도 과거로 남아버려서, 지금은 사라진 곳 또는 쓸데없이 세련된 곳이 되어버리곤 했다. 그래서 다시 혼자서라도 그곳을 찾는다고 해도 나와 그 사람이 알던 그곳은 온데간데없었던 것, 그때의 우리를 기억해주는 사람은 더더욱 없어서 슬펐던 것이다.

그러다가도 한 번 더 괴로워졌던 것은, 지금 헛헛한 마음에 혼자서라도 이곳을 찾아온 바람에, 착실히 흐려진 줄로만 알았던 여러 기억이 다시금 선명해져 버렸던 때가 그랬다. 나는 혼자 여기에 있는데, 그때의 우리 역시 저 건너편에서 선명하게 존재하게 되는 것이다. 그리고 그 사이에는 그 누구도 뛰어넘을 수 없는 벽이 있어서, 그저 더 선명하게 아파하게만 되는 것이다. 그럴 때면 차라리 찾아오지 말 것을, 빨리빨리 잊었다면 좋았을 것을, 그런 의미 없는 혼잣말을 되뇌곤 했다.

하루는 문서 정리를 했다. 방 정리는 그럭저럭 잘하는 편이라고 생각하는데, 문서 정리에는 소질이 없는 건지, 몇 달 쓰다가 뒤돌아보면 컴퓨터 안은 전쟁터가 되어 있곤 했다. 꽉 찬 바탕화면, 수도 없이 만들어진 폴더들, 책 한 권에 들어갈 글들이 한 폴더도 아니고 이 폴더 저 폴더에 중구난방으로 흩어져 있는 걸 본 게 한두 번이 아니다. 조심스레 추측해보건대, 어떤 글은 어딘가에 숨어 있다가, 끝끝내 내게 발견되지 못해서 책에 들어가지 못하기도 했을 것이다.

내가 쓴 글, 남이 쓴 글, 단순 서류들을 카테고리를 나눠 하나씩 분류하기 시작했다. 이 글들이 전부 내 손과 눈을 거쳐 갔다는 게 믿기지 않을 정도로 많은 양이었다. 어떤 글은 손을 멈춰버리고 말 정도로 흥미로운 제목을 갖고 있거나 낯설어서, 참지 못하고 더블클릭을 해서 들여다보기도 했다.

그러다가 만난 편지였다. 파일 이름에는 그 사람의 이름과 함께 2018년 몇 월 며칠, 날짜가 적혀 있었다. 나는 누군가에게 편지를 보낼 때, 조금이라도 더 잘 갈고 닦인 편지를 써서 주기 위해 컴퓨터에 초벌로 먼저 쓰고 나서 옮겨 적는 식으로 쓰곤 했었다. 그러므로 내가 써준 편지의 내용이 아리송하고 궁금해질 때마다 나는 컴퓨터에서 내가 써서 보낸 편지를 들춰보곤 했다. 그 편지는 나와 그 사람이 연인이 아니었을 때, 내가 처음으로 진심을 담아 그 사람에게 건넸던 편지였다.

'우리가 잠깐 함께였던 시끄러운 맥주 가게에서, 그 중에서도 나란히 앉았던 아주 짧은 순간에 넌 답답하다고, 주변이 너무 시끄러워서 싫다고 말했지만, 난 너무 좋았어. 너랑 나란히 앉아 있는 게 좋았고 다리가 잠깐이나마 맞닿아 있는 게 두근거려서 좋았어. 그냥 나는 그랬다고 꼭 말하고 싶었어. 언젠가는 말하고 싶다고 생각했고, 그래서 이렇게 편지로 말하는 거야. 좋았어. 요즘 내가 연락하는 사람, 하루에 몇 번이고 떠올리는 사람, 보고 싶어 하는 사람이 너라서 좋아.'

쓰인 지 사 년도 더 지난 편지를 읽는데, 사 년 동안 잊혀서 사라졌던 공간 하나가 굉음을 내며 지어지고 그 안에 사람이 빽빽하게 들어차기 시작했다. 나는 집에 혼자 앉아 컴퓨터 화면을 바라보고 있는데, 화면 건너편에서는 수많은 사람 속에 파묻힌 그 사람과 내가 나란히 있었다. 그날 날씨보다도 공기의 맛보다도 심지어 현실보다도, 그 무엇보다도 선명한 장면이었다.

그랬다. 잊고 있었는데 그랬다. 그때 우리는 그 비좁은 맥주 가게에서 나란히 앉아서 맥주를 마시고 있었다. 그 사람은 내 귀에 대고 사람도 많고 시끄러워서 답답하다고 했다. 나는 말로는 어쩌면 좋아, 얼른 나가자 그럼, 그렇게 말하고 있었지만, 속으로는 너와 나란히 앉아서 취하고 있다는 것이 좋아 언제까지고 거기에 있고 싶다고 생각하고 있었다. 나의 무릎과 그 사람의 무릎이 닿아서 온기가 공유되고 있었다. 그리고 그건 지금의 나와는 다른 세계에서 벌어지고 있는 일이어서, 지금의 나는 그를 바라보며 아파할 수밖에는 없었다.

다시 말하지만, 순조롭게 흐려지고 있던 기억들이 선명해지는 것은 아픈 일이다. 하지만 나는 그 사람에 관해서라면 얼마든지 아파하고 싶다고 생각하게 된다. 그때 우리가 김치볶음밥을 먹은 가게의 이름은 뭐였는지. 네가 오래전부터 살아온 그 동네의 역 주변에서, 복층 가게에 올라가 먹은 치즈가 들어간 음식의 이름은 뭐였는지. 네가 밤마다 편의점에서 사서 마셨던 음료수는 뭐였는지. 우리가 즐겨 부르던 노래는 어떤 밴드의 노래였는지. 모든 것이 흐려졌지만. 기억나면 다시 아파하겠지만. 그래도 기꺼이 그러겠다는 말이다.

앞으로 또 어떤 장소와 시간들이 어떤 소리를 내며 내 앞에서 다시 복구될지를 지금의 나는 알지 못한다. 하지만 불안하기보다 설레는 것은 미련인 걸까, 아니면 사랑이 여전한 걸까.

희었던 사람

2022년 어느 날에는 평소보다 천천히 일어나 천천히 몸을 씻었다. 여유로운 하루였다. 업무가 따로 없는 공휴일이었기에 그저 작업실에 가서 글이나 조금 쓰다가 수강생들이 한두 명씩 오고 나면 글쓰기 강의를 하기만 하면 되는, 아주 간결하고도 풍족한 하루.

도로에도 평소보다 차가 없었다. 덕분에 조금은 멍해지기도 하며, 또 주변 풍경을 구경하기도 하며 편하게 갈 수 있었다. 작업실 가는 길에 매번 스치는 터미널 건물을 유심히 바라보기도 했다. 왠지 모를 이질감이 들기도 했지만, 금방 앞을 보고 휘파람이나 불었다. 그날은 정말 여유로운 하루였으니까.

도착하고 나니 배가 고팠다. 불을 켜지도 않고 금방 배달 앱부터 켰지만, 이거다 싶은 메뉴는 없었다. 어쩔 수 없이 점심 메뉴를 추천해 주는 룰렛을 돌렸다. 수많은 음식이 눈으로 좇을 수 없을 정도로 빠르게 나타났다가 사라지는데, 화면을 정지시켰을 때 그곳에 있는 음식을 먹는 식이었다. 조회 수도 높고 댓글 수도 많은 것을 보니 나와 같은 고민을 하는 사람이 생각보다도 많은 것 같았다.

　그렇게 결정된 메뉴는 부대찌개였다. 다시 배달 앱을 켜서 부대찌개를 입력하니 몇몇 가게들이 눈에 들어왔다. 대부분이 2인분 이상부터 먹을 수 있는 곳들이었다. 그게 아니라면 조리가 아닌 비조리 상태로 음식을 보내주는 곳들이었다. 아닌데, 그래도 일인분을 보내주는 곳이 있었던 것 같은데, 그렇게 혼잣말하며 엄지손가락을 쓸어올리다가, 기어코 일인용 부대찌개를 전문으로 하는 가게를 찾아냈다. 익숙한 이름이었다. 언젠가 이미 한 번 시켜서 먹은 적이 있는 곳이었던가.

동그란 용기에 담긴 부대찌개와 네모난 용기에 담긴 밥을 먹다가 울었다. 불도 켜지 않은 작업실에서, 노래 한 톨 흐르지 않는 작업실에서 밥을 삼키지도 뱉지도 못하고 펑펑 그랬다. 양이 많아서 그런 것도 매워서 그런 것도 아니었다. 그래, 사실 다 알고 있었으면서. 내 동네에 있는 터미널이 터미널 같지 않게 다가왔던 이유. 일인용 부대찌개 가게가 낯익었던 이유. 다 그 사람 때문이었던 건데.

먼 도시에 사는 그 사람을 보러 가는 길에는 늘 고속버스를 탔다. 그 도시의 터미널에 도착해 허리와 목에서 우두둑 소리를 내며 버스에서 내리고 나면, 그리고 조금만 두리번거리고 있으면, 저 멀리서부터 어김없이 그 사람이 웃으며 달려오곤 했다. 그날 입은 옷이 흰색이었든 흰색이 아니었든 내 눈에는 무조건 그 모습이 희었다. 가끔은 내가 가는 게 아니라 그 사람이 내가 있는 쪽으로 오기도 했다. 내 것도 그 사람의 것도 누구의 것도 아닌 방을 빌려서 배달 음식을 시켜 먹었고 달에 한두 번 보는 사이이니 더 바쁘게 다니자며 분주하게 한강이나 술집 같은 곳들을 오갔다. 얼마가지 않아 서로의 문제들과 미안함들로 헤어져야 했지만, 그때는 그렇게 서로가 서로에게 봄이었다.

　그 사람이 서울로 이사를 왔다는 소식을 들었을 때도, 그리고 더는 이 세상 사람이 아니게 됐다는 사실을 뒤늦게 알았을 때도 울지 않았다. 그저 이렇게까지 매정한 사람이 됐는가 싶어서 놀랐을 뿐이다. 물론 한 번을 함께 보내지 못한 겨울에 그 소식을 들었기에 그것이 전혀 현실처럼 다가오지 않았던 것일 수도 있다. 나와 그 사람이 함께였던 때가, 그리고 우리가 헤어졌던 때가 어느덧 몇 해 전이 됐으니 그럴 수도 있겠다 싶기도 했다. 하지만 다 지나간 지금에 와서, 계절이 몇 개는 더 흘러간 지금에 와서 밥을 먹다가 꼴사납게 눈물을 흘리는 건 어째서인 걸까. 어느 새벽에 잠에서 깼을 때 남아 있던 부재중 전화 기록이 뒤늦게 떠올라서일까. 그 겨울 그 밤에 커다란 도시 그 한구석에서 전화를 걸었던 마음을 조금이나마 어림잡게 돼서였을까. 몇 년 전과 다름없는 우울이 다시금 덮쳐올 때, 전과는 다르게 그 우울에 혼자 맞서야 하는 게 역시나 버거웠던 걸까. 정말 그런 거였다면 그 사람 얼마나 추웠을까. 얼마나 힘들었을까.

모든 것이 희었던 그 사람이 어떤 곳에서 어떤 시간을 보냈었는지, 어떤 말들을 했으며 어떤 결심을 했었는지를 지금의 나는 알지 못한다. 그리고 그건 아마 앞으로도 영영 알 수 없을 것이다. 다만 몇 달을 함께 했던 아주 각별한 그 마음이 종종 기억날 때마다, 나는 그 사람이 내게 주었던 것들과 알려주었던 것들을 언제까지고 손에 꽉 쥐거나 때로는 자랑하듯이 사람들에게 베풀면서 지내려 한다. 터미널로 마중을 나가는 마음, 먼 곳에서 오는 사람을 보러 가는 마음으로, 따뜻한 국물을 함께하려는 마음으로. 그렇게 언제까지나.

이 문장을 빌려 당신의 영원한 행복을 빈다.
우리는 다시 만난다.

막막함의 의미

사람에 관해서든 일에 관해서든, 내가 가장 무서워했던 것은 늘 한계에 다다랐다는 걸 느끼는 일이었다. 정말 좋아하는 일이라서, 잘하고 싶어서 최선을 다했는데 마음처럼 안 될 때. 결과가 만족스럽지 않을 때. 무능함과 무력감을 느낄 때. 그럴 때면 이제는 그만 놓아줘야 하나, 나는 왜 이렇게도 애매한가 혼잣말하며 괴로워만 했었다. 그런데 언젠가부터는 다르게 생각할 수 있게 되더라. 한계에 다다라 막막함을 느끼고 있다는 말은, 다르게는 내 능력 안에서 내가 할 수 있는 것은 다 했다는 말이 될 수도 있을 것이다.

저번보다 또 얼마간 성장한 내가, 심지어 그 능력의 십 할을 전부 쥐어짜내게 됐다는 말, 내 힘을 온전히 다 다룰 수 있게 됐다는 말이 되는 것이다. 벽에 부딪힐 때마다 아팠지만, 기어코 그를 뚫어낸 뒤의 나는 늘 어제보다 조금 더 여유를 아는 나였다. 늘 그랬듯 쉬운 게 하나도 없는 나날이다. 그래도 이 껍데기를 깨고 나가면 뭐라도 조금 더 나아져 있을 거라고 생각하니 아주 조금은 웃을 수 있게 된다. 방향은 다르지만, 나름대로 잘 나아가고 있다. 우리 모두.

나이

가끔 집 앞 대학가 카페에 나와서 일한다
오늘은 누군가가 다가와 이렇게 물었다

선배님 실례지만 몇 학번이세요?

나는
왜요? 혹시 제가 이 카페가
이 카페가 아니라 다른 카페였던 때부터
그리고 건너편 브런치 가게가
무한리필 돈까스 뷔페일 때부터
할인마트 자리에 피씨방이 있을 때
호프집에서 담배를 피워도 됐을 때부터
십 년 넘게 눌러앉고 있는 사람처럼 보이나요?
그렇게 말하려다가, 그걸 꾹꾹 누르곤

공구 학번인데요, 눈치를 보며 대답한다
사실 요 앞 학교 다니는 사람도 아닌데 말이다

그 사람은 알겠습니다 대답하더니
무리로 돌아가선 야 안 돼 안 돼 너무 차이나
도대체 또 뭐가 안 되고 뭐가 차이 난다는 건지
아니 애초에 나를 선배님으로 불렀다는 건
그만큼이나 나이가 많다고 확신했던 건지

숫자도 숫자 나름이겠지만
나이는 생각마저 많아지게 만든다

오늘은 작업 그만해야겠다

농담 없는 하루

왜 급한 일은 한 번에 몰려오는 걸까. 그날은 아침부터 온종일 바빴다. 어느 정도 우선순위를 정할 수 있을 만한 것들이라면 좀 나았을 텐데, 하나같이 촌각을 다투는 일들이라 동동거리며 눈과 손을 빨리 놀려야만 했다. 또한 온종일 만족스럽지도 않았다. 그렇게 조급한 마음으로 임한 일들이 봐줄 만하게 마무리 지어지는 경우는 거의 없었기 때문이다. 마음은 또 왜 그렇게도 지옥에 있었던 건지, 단순히 바빠서 그랬는지, 아니면 누가 보고 싶어서, 근데 볼 수 없어서 그랬는지는 몰라도, 잘못 눌린 타자 한 번에, 작업실에 들어온 하루살이 한 마리에 일일이 짜증이 치솟았다. 화장실에 들렀다가 손을 씻는데, 바빠서 몇 시간 동안 화장실도 안 가고 있었다는 걸 자각했을 땐 어이가 없어서 고개만 가로저었다.

저녁 여섯 시쯤, 그러니까 어둑어둑해진 줄도 모르고 일만 하다가 겨우겨우 좀 주변을 둘러보기 시작했을 때쯤, 주변에 사는 친구로부터 전화가 걸려 왔다. 지나가다가 보니 작업실에 불 켜져 있는 것 같던데, 작업실로 커피나 한잔 사 들고 가겠다고. 커피 사러 나갈 시간도 없어서 바빴는데, 또 커피가 마시고는 싶은데 못 마시고 있어서 또 그것 때문에 짜증까지 내고 있었는데, 듣던 중 반가운 소리라 얼른 와달라고 대답했다. 아무렇게나 열고 들어오라고 잠가놨던 문도 활짝 열어두었다.

친구가 사 온 건 내가 좋아하는 카페의 커피였다. 한때는 산미 있는 커피를 좋아했지만 요즘은 좀 스모키한 걸 좋아한다고 말했었는데, 그걸 어떻게 그렇게 기가 막히게 알았는지 딱 마시고 싶었던 커피를 사 온 것이다. 이래서 친구가 좋다는 건가 싶어 그날 처음으로 고개를 끄덕였다. 커피를 마시며 친구와 이런저런 농담을 나눴다. 그리고 나도 작게 한 번 웃었다.

뭔가 이상했다. 조용했던 공간에 울려 퍼지는 내 웃음소리가. 어째서일까. 이 상황이 왜 이렇게 어색하지. 얼굴에서 실없는 웃음을 거두곤 몇 초간 골똘히 생각해봤다. 그리곤 세상에, 잘 생각해보니 그게 그날의 내 첫 웃음이었던 거다. 저녁 일곱 시였다, 일곱 시. 일곱 시가 돼서야 처음으로 웃다니.

저녁 일곱 시야 돼서야 처음으로 웃은 거였지만, 그 지난하고 분주했던 하루에도 비로소 생기가 돌기 시작했다. 작게 오간 농담 한 번이 점차 큰 웃음으로 번지고, 아무리 잘 된 것 하나 없고 울적하기만 했던 하루였어도, 그리고 상황이 별반 달라지지 않았어도, 어째선지 그럭저럭 버텨낼 수 있을 것 같다는 생각을 할 수 있게 됐다. 그래서 조금은 뻔하지만, 행복해서 웃는 게 아니라 웃어서 행복한 것이라는 말이 정말 맞는 말 같다고 생각하기도 했다.

누구에게나 그런 날이 있을 것이다. 세상에서 내가 가장 바쁜 것 같은데, 또 세상에서 가장 울적한 사람이기까지 한 것 같은 날. 마음대로 풀리는 일이 단 하나도 없고 세상 사람 모두가 나를 신경 쓰지 않고 오히려 비난하고 놀리기까지 하는 것 같은 날. 그런 날이면 정말, 화장실 가는 것도 물을 마시는 것도 잊고, 웃는 법조차도 잊게 된다. 그렇게 점점 밤하늘을 따라서 더 어둡고 탁해져만 가는 것이다.

그리고 그런 시절을 잘 기억해보면, 그때마다 우리를 웃게 해주었던 것은 내 주변에 있는 사람의 작은 호의나 그들과 나누는 농담 같은 일들이었다. 그렇지 않은 것들, 뜻밖의 사람과의 만남이나 거대한 선물을 받는 일 같은 것들은 그런 날일수록 더 일어나지 않았으며, 혹여 겪게 된다고 하더라도 체하기라도 한 것처럼 그다지 반갑고 기쁘지만은 않았을지도 모른다. 커다랗게 쓰러져 있을 때 우리는 살리는 것은, 오히려 작고 수수한 것들이었다.

그러니 앞으로도 힘든 날이면, 죽을 것처럼 마음이 바쁜 날이면 아주 작은 것들부터 챙겨보기로 한다. 좋아하는 커피를 사러 나간다든가, 그게 안 된다면 그런 커피를 사 와 달라고 조른다든가. 농담을 한다든가. 농담할 기운이 없다면 농담을 들려주는 사람이나 화면을 바라본다든가. 맥주를 한 캔 한다든가. 그 작은 것들이 우리를 하루 더 버티게 해줄지 모를 일이다.

이만큼이나
낭만적이고 멋진 사람

　길을 걷다가 또는 창밖을 보다가, 문득 세상이 예뻐 보일 때가, 더 자세히 말하자면 세상 사람들이 예뻐 보일 때가 있습니다. 바로 자신의 낭만이나 감정에만 집중해서, 주변 눈치 같은 것은 보지 않고 솔직하게 그리고 대담하게 행동하는 것을 볼 때입니다. 어쩌면 그렇게도 아름다운 걸까요?

아주머니 한 분이 길을 걷다 멈춰서서 들꽃을 어루만집니다. 꺾는 것조차 그에겐 상처가 될까 해서 그저 어루만지기만 하곤 가던 길을 가십니다. 다른 어느 연인은 거기에 사람이 얼마나 많든 또 그곳이 어떤 곳이든, 서로의 옷매무새를 다듬어주거나 신발 끈을 묶어주었습니다. 마치 지금 자기에게 가장 중요하고 급한 일은 이 일 말고는 없다는 듯이 그랬습니다. 또 누구는 핸드폰이나 카메라를 높이 치켜들고 노을과 달을 찍었습니다. 혼자서도 씩씩하게 그리고 여유롭게 커피나 음식, 술을 만끽하였습니다. 콘서트홀에 온 것처럼 고개를 까딱거리며 종종 따라 부르기도 하며 음악을 들었습니다.

그럴 때마다 나는 그 사람들을 멀찌감치에서 언제까지고 바라보거나, 아주 멋진 앵글로 사진을 찍고 액자로 만들어 선물해주고 싶어집니다. 당신, 이만큼이나 낭만적이고 멋진 사람이랍니다 하고요.

내게도 그런 낭만이 꿈틀거릴 때는 물론 있습니다. 하지만 그때마다 내가 언젠가 보았던 그들처럼 손을 뻗어 꽃이나 풀을 만지거나, 선뜻 누군가를 챙겨주거나, 선뜻 식당 문을 열고 들어간다거나 하지는 못하는 것이 사실입니다. 사실 대다수의 사람이 나를 신경 쓰지 않을 테지만, 어쩌다 나를 보게 된다고 하더라도 잠깐 보고 말겠지만, 왠지 모르게 자꾸만 남들과 다른 행동을 하는 게, 튀어 보일 수도 있는 일들을 하는 게 부끄러워서 그렇습니다.

그리고 어딘가에 나와 비슷한 사람이 분명 또 있을 거라고 생각합니다. 우리, 이제는 조금 낭만 앞에서 용기를 내보는 건 어떨까요. 지금 이것을 만지지 않으면, 이 사람을 껴안지 않고 이 술과 음식을 혼자서라도 만끽하지 않으면 후회할 게 뻔할 텐데, 잠깐 부끄럽고 오래 행복해보면 어떨까요. 또 낭만이 부끄러워질 땐 타인의 시선으로 나를 보는 상상을 해보는 건 어떨까요. 눈앞의 낭만에 젖어 있는 나의 모습을 제삼자의 눈으로 보면 어떨까, 생각해보는 거예요. 그러면 내 눈에 타인의 낭만이 예뻐 보였던 것처럼, 나의 낭만 역시 밉지만은 않게 보일 수도 있는 일 아닐까요. 내가 낭만에 젖어 있는 사람들을 아름답게 봤던 것처럼, 다른 누군가도 낭만을 누리는 나를 예쁘게 봐줄 수도 있는 일 아닐까. 애초에 카메라를 들고 하늘이나 꽃 같은 것을 찍는 사람이 어찌 미워 보일 수가 있겠어요.

어제는 산책을 하다가 마침 좋아하는 노래가 들려와서 휘파람을 오래오래 불었습니다. 그리고 오늘은 엘리베이터에서 만난 강아지가 저를 보고 꼬리를 흔들기에 안녕하고 인사를 건넸습니다. 강아지가 웃었고 주인께서도 웃었습니다. 그렇게 어제도 오늘도 제가 예뻐 보였습니다.

가장 잘된 사람

당신은 종종 그런 말을 했었습니다. 음악가든 운동선수든 작가든, 자신이 주의 깊게 보거나 좋다고 생각했던 사람은 반드시 잘되곤 했다고. 아무리 인기가 없고 알아보는 사람이 없다고 해도 결국엔 다 잘됐다고. 아무래도 자기한테는 사람 잘 보는 좋은 눈이 있는 것 같다고 말했고, 나는 그렇냐고 조금은 심드렁하게 대답했습니다. 그러더니 당신 뭐랬나요. 그러니까 너도 언젠가는 훌륭한 사람이 될 거라고 했죠. 나는 어떤 대답을 해줘야 좋을지 몰라, 그때도 그렇냐고, 좀 심드렁하게 고맙다고 말했었습니다.

하지만 당신, 그때 당신의 그 말이 내게 얼마나 내심 큰 힘이 되었었는지 모르시겠죠. 당신과 내가 남이 된 뒤에도, 내가 세상에 홀로 남은 뒤에도 몇 년 동안 꿋꿋하게 이 일을 할 수 있었던 건, 다른 무엇도 아니고 언젠가는 나도 꽤 괜찮게 일할 수 있는 사람이 될지도 모른다는 작은 믿음 때문이었습니다. 어쩌면 그 사람이 말한 것처럼, 훌륭한 느낌을 조금쯤 낼 수도 있을지도 모른다고도 생각했어요. 하지만 그때마다, 텔레비전을 틀고 음악을 들을 때마다 내 눈에 들어오는 이름들은 정말이지 커다랗고도 대단한 이름들이더군요. 그리곤 생각하는 거예요. 아무래도 나는 저렇게 되려면 글렀다. 안 글렀다고 하더라도 생각했던 것보다 오래 걸리겠구나 하고요. 그 사람의 그 좋은 안목이 때로는 빗나가기도 하는구나, 당신이 틀릴 때도 있군요 가서 말해주기라도 해야 하나 하고요.

그런데 어딘가에서 읽은 글에는 또 이런 말이 적혀 있더군요. 자기가 열여섯 때 좋아한 상대가 내 평생에 영향을 미친다는 얘기 말이에요. 물론 당신은 열여섯이 아니었고 그보다 조금 더 나이가 들어 있었지만, 그리고 나 역시도 나이가 많았지만, 제가 당신에게 영향을 미친 게 있을까 생각해보면, 영향을 미친 게 있기는 있었다고 생각해보면, 그래도 제법 커다란 일을 하긴 한 것 같아지는 거예요. 왜냐면 난, 열여섯도 스물여섯도 아니었는데 당신 덕분에 평생을 살아갈 이유를 얻었거든요.

그러니 제가 만에 하나라도 당신의 인생에 조금이라도 긍정적인 영향을 주었다면, 저는 그것으로 충분하다고 생각할 수 있게 됐습니다. 정말 가치 있는 일, 근사한 일을 했다고 웃을 수 있게 됐어요. 정말 그런 거였다면, 당신이 말한 잘된 사람들, 텔레비전에서 스피커에서 쉬지도 않고 튀어나오는 그 사람들만큼 잘되지 않았더라도 괜찮습니다. 저는 벌써 충분해졌으니까요. 나만큼이나 잘된 사람, 나만큼 스스로를 자랑스러워할 사람은 어디에도 없을 것입니다.

사과즙

아주 어렸을 땐, '즙'이라는 말을 향한 막연한 거부감이 있었다. 아주 깔끔한 공장에서 만든 것보단 위생적이지 못한 곳에서 만들 것만 같은 막연한 느낌 때문도 있었고, 즙이라는 말이 지니는 왠지 모를 촌스러움이 싫어서도 있었다. 사실 지금에 와서 생각해보면, 즙이나 주스나 다 거기서 거기였던 건데 말이다.

겨울이면 사과즙을 마신다.

'띠리링 띠리링...'이 한 세트인 아이폰 알람 소리가 세 번 반복되기 전에 눈을 뜨려 안간힘을 쓴다. 가까스로 알람을 끄고 침대 밑에 깔아둔 전기장판 전원을 누른다. 그리고 통겨지듯 한 번에 윗몸을 일으킨다. 침대에서 내려와 이불을 대충 고르게 펼쳐두고, 거실을 거쳐 베란다에 가서 마지막으로 사과즙 한 봉을 꺼내 마시는 것이다. 가끔은 잘못 뜯는 바람에 턱이나 목에 즙을 질질 흘리며 마시기도 하지만, 그건 아무래도 상관없다. 오히려 부지런히 휴지를 뽑아 목덜미와 바닥을 닦아낼 수 있어서 좋다. 그리고 그 부지런함이 오히려 좋은 이유는, 알람을 듣고 사과즙을 마시기까지의 그 일련의 흐름이 모두 다 '힘껏 아침을 시작해내기 위해서 하는 일들'이기 때문이다. 아무리 지난 밤의 꿈이 사나웠더라도, 아무리 네 시간이 채 되지 않는 조촐한 잠이었더라도, 그런 과정들을 다 거치고 나면 어찌어찌 하루를 무사히 시작할 수 있게 됐다.

사과즙은 그 모든 과정의 대미를 장식한다는 점에서 언젠가부터 내 겨울을 상징하는 것 중 하나가 됐다. 물론 어릴 때부터 '즙'들을 싫어하긴 했지만, 그리고 누군가 단맛을 좋아하느냐 싫어하느냐를 물으면 망설임 없이 싫어하는 쪽을 택하곤 하지만, 언젠가부터 안 마시고 하루를 시작하면 뭔가 빠진 것 같고 섭섭하단 말이지.

겨울이 시작되려 할 때마다 사과즙을 보내오는 사람이 있다. 먼 도시 포항에 사는 사람이다. 그 사람은 내가 아주 어린 글을 쓸 적에, 그러니까 동료 작가들과 성수동에 작업실 겸 카페를 차렸을 때부터 나와 내 글을 응원해주던 독자님이시다. 그는 남동쪽 바닷가 도시에 사는 와중에도 종종 시간을 내어 우리 카페에 놀러 오곤 했었다. 그리고 그때마다 무슨 크고 작은 선물에 책들까지 바리바리 싸 오곤 하셨는지, 보는 내가 놀라울 정도였다. 아닌 게 아니라 차를 갖고 오는 것도 아닌데, 지인들에게 선물해준다고 나와 동료 작가들의 책을 몇 권씩 챙겨 와서 사인을 받아가곤 하셨으니까.

"제 외할머니께서 과수원을 하시는데, 다음 달에 사과를 따서 즙을 좀 만들려고 해요. 괜찮으면 보내드리고 싶어서요."

그가 그 메시지를 보내온 게 벌써 4년 전이다. 그리고 그 이후로 매년 겨울이 다가올 때마다 그는 아주 달고 마실 때마다 기분이 좋아지는 사과즙을 보내오고 있다. 그러게, 내 겨울 아침에서 사과즙이 당연해진 게 어느덧 4년이나 돼버린 거다. 그런 게 자꾸 당연해지면 안 되는 건데. 사람이 이렇게나 괘씸하다.

나는 그 마음이 참 신비롭다. 자신에겐 아무런 대가도 돌아오지 않는데, 매년 같은 시기에 다른 누군가를 생각하고, 그 사람에게 무언가를 먼 곳에서 먼 곳까지 보내는 마음은 과연 어떤 마음일까. 과연 그 마음은 어떤 것을 동력으로 삼기에 그토록 오래 그리고 멀리 가는 걸까. 알 수 없다. 어쩌면 평생 그런 부류의 다정함을 알지 못한 채로 죽게 될지도 모른다.

하지만, 다른 건 몰라도, 그런 근원을 알 수 없는 신비한 마음이 내 안에서도 또 다른 동력을 만들어낸다는 것은 분명하다. 평소라면 저 땅끝까지 파고 내려갈 정도로 가라앉기만 하는 겨울 아침에, 그리고 모든 걸 팽개치고 크게 넘어져 버리고만 싶은 새벽에, 그 새로운 동력은 나를 그러지 않도록 토닥여준다. 조금이라도 힘껏 하루를 시작하고 조금이라도 안전하게 하루를 착륙시킬 수 있도록 해준다. 얼마나 꼴사납게 추락

하고 망해버리든 나 혼자만의 삶이기에 상관없다고 생각했던 나를, 그래도 한 명쯤은 나를 응원해주고 있지 않은가, 그러니 하루쯤 더 멋지게 살아보려 애써봐도 괜찮지 않은가, 그렇게 마음을 다잡게 해준다.

사람을 살게 하는 것은 어쩌면 이런 투박하지만 조건 없고 막연한 응원과 지지가 아닐까. 내가 매년 겨울마다 그에게 달콤한 응원을 받는 것처럼, 나 역시 그 고마움을 잊지 않고 내 주변에 내 나름의 다정을 행하는 식으로 세상은 흘러가는 것이 아닐까. 이제는 그렇게 믿어보려 한다.

이제 힘들 때면 입에서 사과 맛이 난다. 전에는 그냥 단내라고 생각했는데 언젠가부턴 그게 자꾸만 사과 맛 같다. 신비로운 힘이다. 오늘도 그 덕분에 나는 버텨낼 것이다.

돌아갈 수 있다면

1. 가질 수 없을 것 앞에서 입을 삐죽대지 말 것

2. 특히 부모 앞에서는 더 그러지 말 것

3. 맛있다고 말할 것

4. 더 먹고 싶다고 말할 것

5. 솔직히 힘들다고 말할 것

6. 나도 사랑한다고 대답할 것

7. 전자기기 사용법 친절히 알려줄 것

8. 나 없는 동안 별일 없었냐고 물어볼 것

9. 마음에도 없는 전공을 고르지 말 것

10. 침묵을 멋이라고 생각하지 말 것

11. 젊음이라는 이름 아래 무엇도 낭비하지 말 것

12. 주저하지 말고 그 일을 바로 시작할 것

13. 사랑하는 마음과 자존심을 헷갈리지 말 것

14. 마음이 식었냐는 물음에 그렇다 대답하지 말 것

15. 애초에 마음을 식게 두지 말 것

16. 다 잊었다고 말하지 말 것

17. 오랫동안 네가 없어서 힘들었다고 털어놓을 것

18. 그 상처에 관해 물어볼 것

19. 어디를 그리 오래 여행하려 하느냐 물어볼 것

20. 더 살아보자고, 밥부터 먹자고 말해줄 것

21. 그날 밤 그 집에서 멀지 않은 곳에 있을 것

22. 때를 놓쳤다면 그땐 원 없이 슬퍼할 것

23. 잘 보내줄 것

원 플러스 원

새벽에 출출해서 찾은 편의점
이것저것 골라서 계산대로 간다

원 플러스 원 상품입니다
투 플러스 원 상품입니다
바코드를 찍을 때마다 나는 소리
아이고 또 가져오라고 하겠구나
저쪽까지 다녀올 마음의 준비를 하는데
이 사람은 아무 말도 없이
만 육천 원입니다 하는 게 아닌가

뭐가 원 플러스 원이고
뭐가 투 플러스 원이에요?
쏘아대듯 물어보니, 아 잠시만요
이거랑 이거 하나씩 더 가져오세요

내가 안 물어봤으면 그냥 나왔을 거 아니야
잘못해놓고 사과도 안 하는 건 또 뭐야
그렇게 속으로 꿍얼거리며 카운터를 보는데
안쪽으로 보이는 너덜너덜해진 문제집 한 권

그래 당신도 얼마나 피곤하면 그러겠어
감사합니다 수고하세요 말을 던지고 나온다

착한 게 아니고 바보 같은 거야
앓느니 죽어야지 또 꿍얼거리면서
잘 가다가 한 번 더 뒤돌아보기도 하고

너를 오래된 선풍기처럼 아껴

내가 일하는 곳 구석에는 작동하지 않는 선풍기가 한 대 있습니다. 애초에 작동하지 않는 고장 난 선풍기를 사다 놓은 것이었습니다. 빈티지 용품만 골라서 파는 망원동 가게에서 사 온, 아주 오래된 파란 날개의 금성 골드스타 선풍기. 사다 놓은 이유는 글쎄요. 그냥 보기에 예뻐서 어디 한 곳에 두고 그때그때 보려고요. 그 옆으로 조금만 시선을 옮기면 다 마시고 난 와인병들이 바닥에 아무렇게나 줄지어 서 있습니다. 초록색 흰색 유리로, 그림이 그려진 포장지, 필기체가 멋진 포장지로 예쁘게 모여 있는 와인병들은 밤에 보는 서울의 빌딩 숲 같아요. 이것들도 그냥 예뻐서 안 버리고 모아둔 건데, 아마 사람들은 몇 배는 더 많은 와인병을 이미 버리고 난 뒤에 남은 게 이것들이라는 걸 알면 히익 하고 놀라겠지. 그 주변으로는 뭐, 크고 작은 액자와 도록들. 사진을 찍는 사람이 선물로 준 커다란 오타루 풍경 사진과 타투이스트가 준 멋진 그림 액자 둘, 뒤샹전이 한창일 때 사 온 도록, 진품은 미국 미술관에서나 볼 수 있는 유명 화가의 모작 액자 두어 개. 그런 것들 역시 무심하게 툭툭, 사방에 걸어두거나 바닥에 세워두는 게 보기에 좋아, 아무렇게나 또 아무 때나 눈에 들어오는 게 좋아 그렇게 해두었어요.

좀 웃긴 고백이 있어요. 이를테면 너를 오래된 선풍기처럼 아껴. 그건 내가 너를 불렀을 때 너는 고개를 휙휙 돌리지 않더라도, 이곳을 봐주지 않더라도 좋다는 말. 읽던 책을 읽거나 들여다보던 휴대폰을 들여다보고 있어도 좋다는 말. 푹푹 찌는 여름에 부채질을 해줄 정도로 활기찬 사람은 아니지만 보기만 해도 시원할 것 같다는 말. 또 네가 와인병처럼 서 있는 모습이 좋다는 말. 그건 초록색 옷도 흰색 옷도 잘 어울리는 네가 좋다는 말. 네가 하는 어떤 낙서와 농담도 보물처럼 여기고 싶다는 말. 이런 걸 왜 안 버리느냐고 아무리 나를 혼내도 어딘가에 몰래 모아두고 싶다는 말. 히익, 나를 이만큼이나 좋아한다고? 느낄 정도로 그러고 싶다는 말. 액자처럼 두고 싶다는 말. 그림만큼 사랑한다는 말. 너의 도록을 만들고 싶다는 말. 그건 거실에서 화장실로 가는 길에도, 아침과 저녁의 식탁에서도, 서재와 침실에서도 그때그때 보고 싶다는 말. 네 순간순간을 생활 속에서 기록해두고 싶다는 말이에요. 역시 조금 웃긴 고백들일까.

한가한 날에도 바쁜 날에도 보고 싶어요. 해야 할 일이 많아도 좋아요. 노트북이랄지 참고서 같은 것들을 바리바리 싸 들고 와도 좋아요. 멀어도 좋아요. 데리러 갈게요. 바쁜 날에도 저쪽에 앉아서 바빠 주세요. 그냥 어디 한 곳에 앉아 있는 것 좀 두고두고 보게요. 웃긴 고백도 조금 준비해보게요.

해주는 것

사람 하나가 마음에 들어와 앉아 있을 때마다, 내가
해주고 싶었던 것은 무언가를 해주는 것이었다. 뭐가
됐건, 그게 큰 것이건 작은 것이건, 그저 해서 주는 것.
사다 주고 만들어주고 가져다주는 것. 그래서 이만큼
이나 네가 가득하다는 걸 알게 해주는 것. 책을 읽고
있으면 입이 조금 심심할까 봐 삶은 밤을 몇 알 까 와
봤다고 내미는 것. 쏙쏙 잘 집어먹네, 저기에 삶은 밤
이 산더미야. 손은 좀 느려도 얼마든지 더 까다 줄게.
그게 아니면 내 입술도 있고. 그렇게 좀 능글맞은 모
습을 보여주는 것. 내일의 아침 해를 오늘 밤 아홉 시
부터 걱정하기 시작해서, 미리미리 커튼을 꼼꼼히 쳐

두는 것. 떡볶이든 짜장면이든 다 좋아하는 우리지만, 뭔가를 조금 기념하고 싶은 날에는 서촌이나 한남 어디쯤의 근사한 식당을 예약해두는 것. 데리러 오려고 오랜만에 세차를 했다고, 오늘 입으려고 사둔 옷인데 잘 어울리냐고, 그렇게 예쁜 말과 모습을 보여주려 하는 것. 마음의 양을 절묘하게 조절하는 것에는 늘 서툴렀지만, 내가 잘하고 자신 있어 하는 건 그런 거였다. 너는 정말 멋진 사람이니까 이런 마음을 쉽게 여기지 않을 거라고 믿는 일이었다. 어제도 오늘도 앞으로도, 나는 너를 계속 생각하고 있을 거라고, 불안해하지 말라고 말해주는 일이었다.

어느 도시의 사랑

어느덧 마포구에서 지낸 지도 오 년을 넘겼다. 그리고 그 5년 동안 당연하지만 수많은 사람을 봐왔다. 어떤 사람은 나와 가까워지기도 했으며 어떤 사람은 그저 종종 눈만 마주치고 말기도 했다. 몇 마디 대화를 나누기도 하고 가끔은 술도 나눠 마시기도 하면서, 그러지 못하더라도 종종 커피를 건네고 받는 와중에 눈인사를 나누면서, 나는 재미 삼아서 그리고 감히 그들의 분위기를 파악하려고 애써보기도 했다.

꼭 나라나 도시에 따라서만이 아니라, 구나 동에 따라서도 사람들의 분위기가 각각 다름을 깨닫는 건 신기하고도 재밌는 일이다. 말과 글을 통해 구분 짓기엔 한계가 있지만, 내가 느끼기엔 동네별로 묘한 특징들이 분명 있기는 있었다. 이를테면 신촌 사람들은 좋고 싫어하는 게 다소 분명한 사람들이 많은 느낌인 것에 비해, 망원 사람들은 딱히 좋아하는 게 아니더라도 수더분하게 뭐든 받아들이는 느낌이 짙은 것처럼. 합정에 갈 때는 청바지를, 연남에 갈 때는 어쩐지 통 넓은 면바지를 입어야 할 것 같은 것처럼. 말해놓고 보니 더 모호하고 이상하지만.

망원동에 좋아하는 막걸리 가게가 있다. 작업실에서 나와 월드컵시장을 가로질러 다시 망원시장으로 들어갔다가 중간에 그 많은 인파로부터 탈출이라도 하듯 오른쪽 샛길로 꺾으면, 저 멀리에서 그 집이 보이기 시작한다. 내가 그곳을 좋아하는 것은 물론 그곳의 음식과 술맛이 좋아서도 있지만, 그곳에 있는 사람이 좋기 때문이다.

"저는 이 가게의 주인이고, 저기에서 음식 서빙을 도와주는 사람은 제 사랑하는 여자친구에요. 그리고 안쪽 주방에서 안주를 만드시는 분은 대한민국에서 가장 요리를 잘하는 저희 어머니십니다."

정확히 기억나진 않지만, 자신감과 행복이 가득한 목소리로 자신들을 소개하던 사장님 목소리의 온도는 분명히 기억이 난다. 이후로도 계절에 한두 번씩은 막걸리가 생각날 때마다 그곳을 찾았다. 그들은 연인이었다가 부부가 되고, 지금은 한 예쁜 딸아이의 어머니와 아버지가 됐다. 그리고 그들의 모습을 멀찌감치에서 바라보면서, 작지만 예쁜 가게에서 사랑하는 사람들과 신념에 가득 차서 하루하루 일하고 있는 것을 보면서, 한낮에는 가게 주변의 카페에서 지인들과 시간을 보내거나 강아지와 망원동길을 걷는 것을 보면서, 아, 이 사람들, 딱 망원동의 사랑을 하고 있구나. 그런 생각을 자주 했다. 그냥, 잘은 모르겠어도 그게 꼭 망원동의 사랑이라는 생각이 들 때가 많았다. 편하고 따뜻하고 소소하고, 우리라는 말이 잘 어울리는 사랑.

물론 홍대의 사랑, 합정의 사랑, 신촌의 사랑을 하는 사람들을 보는 일도 제각각 다 따뜻하게 다가오는 것은 마찬가지겠지만 말이다.

내가 하는 사랑은 어느 동네가 잘 어울리는 사랑이 될까. 아무래도 오래 지지고 볶는 망원동과 잘 어울리는 사랑이 될까. 서울 바깥, 어쩌면 이 나라 바깥이 어울리는 사랑일까. 아침의 바게트나 초저녁의 화이트 와인, 이름 모를 독주가 어울리는 사랑이 될까. 잘은 몰라도 그 나름의 행복에 흠뻑 젖어 있기만 했으면 좋겠다. 내가 어느덧 망원동 바닥에서 오 년째 지지고 볶고 있는 것처럼. 서울 한복판에서 안정감을 느끼고 있는 것처럼.

오래오래

오래오래라는 말이 좋다. 뭐가 자꾸 그 자리에 오래오래 있는 거. 오래오래 먹고 마시는 거. 오래오래 좋아하는 사람이랑 노는 거... 뭐 그런 것들. 금방이라도 없어질 것 같았던 가게가 아주 오랜만에 찾아갔을 때도 여전한 걸 봤을 때 그렇게 기분이 좋을 수가 없었다. 해가 지고 다시 해가 뜰 때까지 취하는 것도 지금은 잘 못하지만 내가 아끼는 일이다. 오래 끓인 라면을 먹는 일, 이미 한 번 쓴 종이컵을 이틀 사흘을 쓰는 일도, 유월에 솜이불을 십일월에 홑이불을 쓰는 것도 사람들은 이상하게 보지만, 내게만큼은 소소한 즐거움들이다.

그리고 나는 당신을 오래오래 기다리는 일을 좋아한다. 오래오래 기다렸다고 말하는 일을 좋아한다. 우리가 만나고 헤어진 게 수요일이었으니까, 수요일 밤부터 줄곧 그렇게 오래오래 기다렸다고 말하는 일 말이다. 그러면 더 반가운 것 같으니까. 순간이 자꾸만 선물 같아지니까. 당신이 나보다 몇 배는 빠른 사람이어도, 오래오래라는 말을 싫어하는 사람이어도 좋다. 당신은 그래도 좋다. 그래서 나를 마음껏 낭비해도, 잠깐 왔다가 또 일주일을 훌쩍 떠나버리는 사람이어도.

이번 주말에는 당신과 아무 데나 갈까. 무지 빠른 속도로 이곳저곳을 왔다 갔다 할까. 그래서 오래오래 남아주는 가게 따윈 없는 세상으로 가버릴까. 초저녁 다섯 시에 술을 마시고 여섯 시부터 자버릴까. 생라면을 부숴 먹을까. 몸에 좋지 않은 것만 먹으러 다녀도, 끊었던 담배를 두어 개비 나눠 피워도 좋을 거다. 당신이 그러자고 하면 꼭 오래오래가 아니어도 좋을 테니까. 오래오래 못 살아도 좋으니까. 고작 그런 것들에 행복할 테니까.

시간은 참 빠르다. 일 년 전으로 삼 년 전으로 사진첩을 휙휙 헤집어보면 내 얼굴이 흘러내리는 게 눈에 보일 정도로. 하지만 이제는 그래도 좋겠다. 당신이 더 오래 걸려서 와도, 그래서 내 얼굴이 더 흘러내려도. 오래오래 기다렸다고 말할 수 있어서 좋다. 당신이 천천히 왔다가 빨리 가버려도 좋다. 흘러내리는 여름이어도 좋다. 돌고 돌아 다시 온 여름이어도 좋다. 너를 오래오래 기다리는 게 좋다.

우리 따로 행복하자

안녕, 잘 지냈니? 오랜만이다.

어젯밤 꿈에서 뜬금없이 너를 봐서, 이렇게 부랴부랴 보내지 않을 편지를 적어본다. 나는 자주 이성적이거나 현실적이지 못한 사람이라서, 좀처럼 볼 수 없었던 누군가가 별안간 꿈에 나타난다는 건 그 누군가가 나를 간절히 보고 싶어 하기 때문이라고 생각하곤 하거든. 그래서 혹시라도 네가 나를 생각했던 건 아닐까 싶었던 거야. 물론 아닐 확률이 훨씬 높겠지만, 네가 나를 생각한 게 아니라, 내 무의식이 너를 생각한 거였겠지만 말이야.

꿈에서 우리는 교복을 입고 있었어. 빳빳한 짙은 회색 동복이었어. 단추 모양도 명찰 모양도 그대로더라. 웃기지, 졸업한 지 십 년이 넘었는데 그만큼이나 그 옷이 선명하게 그려졌던 거야. 우리는 교실에 있었어. 왁자지껄한 게 쉬는 시간 아니면 점심시간인 것 같았어. 넌 내 바로 뒷번호였기에 내 바로 뒷자리에 앉아 있었어.

꿈이라서 그랬는지, 반가워서 그랬는지, 그곳에서 나는 네게 거리낌 없이 말을 걸고 있었어. 오늘도 당구장이나 갈래? 야자는 어떻게 빼지? 아니면 그냥 밤에 너네 집이나 놀러 갈까? 그때 개랑 문자는 하고 있냐? 그렇게, 지금의 나와는 다르게 조금은 가볍고 힘없는 목소리로 떠들어대고 있었어. 그곳에 거울은 없었지만, 만약 거울이 있어서 내 모습을 볼 수 있었다면, 더 희고 얇막한 얼굴을 한 나를 볼 수 있었을지도 모르지.

그런데 너는 나를 멀뚱멀뚱 보기만 하고 내 말들에 대한 대답은 한 번을 안 하더니 문득, 네가 우리 집에서 만화책 훔쳐 갔지, 그 한마디를 불쑥 꺼내는 거야.

아마 그때쯤부터 꿈과 현실이 뒤섞이기 시작했던 것 같아. 얘가 무슨 소리야, 만화책이라곤 거들떠도 안 보던 애가, 내가 아는 걔가 아닌 것 같은데, 그런 생각이 들기 시작했으니까. 결국 너는 그 이후로 한마디도 안 하고 나를 뚫어져라 쳐다보기만 하더니, 내 꿈이 깨어짐과 동시에 의식 저 멀리로 가루가 돼서 사라져버렸어.

잠에서 깨어나고 나서도 한숨을 한참 푹푹 쉬어댔어. 만화책을 훔쳐 갔다는 누명을 쓴 것이 억울해서 그랬다기보단, 네가 내게 냉담한 표정을 짓는 것을 보는 게, 어떤 이유에서건 네가 내게 실망하고 있었다는 사실이 견디기 힘들어서 그랬던 것 같아. '아무리 바빠도 연락 좀 해라, 섭섭하다.', '네가 웬일로 답장을 다 했을까?'와 같은 말들을 들은 것도 어느덧 몇 년 전이 됐는데, 그때 그 실망감이 뚝뚝 묻어나오던 말을 지금 에 와서 다시 듣는 기분이었달까. 물론 너를 원망하기 위해서 이런 말을 하는 건 아니야. 그저 너와 멀어져 버렸다는 데에서 오는 헛헛함으로부터 아직은 자유로 워지지 못했다는 말을 하고 싶을 뿐이야.

잘 지내니? 나는 이제야 조금 잘 지내게 됐어. 그땐 걷고 생각하고 쓰는 일이 뭐가 그렇게 힘들다고 하루 를 꼬박, 그리고 한세월을 꼬박 써버리느라 바빴는데, 이제는 가끔 새로 사귄 친구들도 만나고 술도 마시고 여행도 다니면서 소소하게 잘 살아. 그리고 내 이런 평범한 일상을 너와 나누지 못했다는 걸 늘 마음 한구 석에 짐처럼 빚처럼 두고 종종 쳐다보며 지내고 있어. 꿈에서 네가 그랬던 것처럼, 언젠가 네가 그런 냉담한 표정을 정말로 한두 번쯤 지었던 것 같은데, 그리고 그때의 난 그 표정 앞에서 덩달아 서운해하기도 했던 것 같은데, 그러지 말 걸 그랬다는 생각을 가끔 해. 아마 나라도 내가 아끼는 사람이, 그리고 내 꽤 커다란 일부를 차지한 사람이 그런 식으로 자꾸 다른 곳만 바라보고 전과는 다르게 굴기 시작하면 꽤 실망했을 것 같거든.

그래도 이제는 너무 미안해하지도 않기로, 후회하지도 않기로 했어. 시작과 중간, 마지막까지 예쁘고 건강한 관계도 있겠지만, 이런 관계도, 이런 사람도 있는 것 아니겠니. 그러니 너도 나를 너무 미워하지는 말았으면 좋겠어. 꿈에서 봤지만, 본 것도 무려 십 년도 더 전의 우리였지만, 난 그것마저도 꽤 반가웠거든.

아이가 하루가 다르게 무럭무럭 자라고 있는 건 프로필 사진을 통해서 여차여차 잘 보고 있어. 어쩌면 내가 아닌 친구들, 나도 아는 그 녀석들에게는 벌써부터 누구누구 삼촌, 누구 이모, 그러고 있을까. 그것도 참 기분 좋은 일이겠구나. 아마 안 하기가 쉽겠지만, 내 결혼식은 안 와도 돼. 죽은 듯이 살다가 결혼 소식을 전하는 건, 너무 못난 사람처럼 보일 수도 있잖아. 그냥 따로, 내 자리 네 자리에서, 행복하기만 하다면 좋겠어.

이제 나도 잘 살게. 내게도 한때 익숙했던 친구들의 모임, 그리고 이제는 내가 없는 모임에서, 요즘도 가끔 내 이야기가 나온다고 들었어. 나는 우리가 그때마다 아무리 먼 곳에 있어도 서로 인사를 건네는 마음을 잠시라도 품는다면 좋겠다고 생각해. 그러면 우리는 십 년 전의 세월 속에서 영원할 거야. 꿈처럼 계절처럼 종종 만날 거야. 그거면 될 거야.

자주 웃어, 친구야.
나도 여기에서 내내 웃고 있으니까.

우리는 헤어진다

자신이 좋아하는 밴드마다 해체해버려서 괴롭고도 황당하다고 말했던 한 사람을 기억한다. 어떤 밴드가 좋아져서 그 밴드가 지방 바닷마을의 작은 홀에서 하는 공연들까지 다 구경을 가곤 했는데 그 밴드가 하루아침에 해체를 선언한다든가, 새로 좋아하게 된 밴드의 핵심 멤버 한 명이 불의의 사고를 겪어 어느 날 그 밴드마저 공중분해가 된다든지...

몇 년 전 어느 날, 나는 어느 술집의 구석에서 그 사람의 말을 '우와 그렇구나' 하며 남의 일처럼 듣고 있었다. 좋아하는 대상이 매번 사라지다니, 참 기구하구나, 그렇게 생각만 하고 있었다. 하지만 몇 년이 흐른 오늘 정신을 차려보니, 그 바통을 물려받은 게 어느 순간 내가 되어 있는 것이다. 아니, 생각해보면 그건 기구한 운명이 아니고 당연한 거였을까. 좋아하는 대상이 영원할 것이라 생각하는 것이 오히려 이상한 게 아니었을까. 생각하게 되는 밤이다.

일로 만난 사람이 있었다. 내가 잘 아는 사람이었다. 자세히는 나만 잘 아는 사람이었고 그 사람은 내가 초면이었다. 그만큼이나 모르는 사람보다 아는 사람이 훨씬 더 많은 유명 그룹의 멤버였던 사람, 그리고 불화 등의 이슈로 인해 이제는 팀의 이름보단 개인의 이름으로 더 많이 불리게 된 사람이었다. 사람들은 그 사람의 얼굴이나 이름 앞에서 늘 전형적인 반응을 보이곤 했다. 신기해했다가 자기가 뭐라고 어려워했다가. 또 자기가 뭐라고 그 그룹의 오늘에 관해서 애도라도 하는 표정을 지었다가. 그 사람은 사람들의 그런 반응이 익숙하다는 듯, 기계적인 대답과 표정을 그들에게 돌려주곤 했다.

하지만 나만큼은, 그 사람이 보기에는 나라고 별반 다르지 않았을 수도 있겠으나, 함부로 누구 한 사람의 잘잘못을 생각하거나 겪어보지도 않은 당사자들의 사정을 함부로 생각하여 그들을 대하지 않으려 하는 사람이다. 어느 정도 아는 얼굴이라고만 생각할 뿐, 그저 나와 일 하나를 함께하고 한때는 남들과 함께이기도 했겠으나 지금은 한 개인으로만 존재하는 누군가로만 여겨주려 애쓰는 것이다.

일로 만난 그 사람과는 함께했던 일을 마치고 나서, 그 어떤 관계보다도 깔끔하게 작별했다. 다른 계기로 만나 다른 곳에서 대화를 나눴다면, 퍽 친한 사이가 되어 종종 술잔을 기울였을지도 모를 일이지만, 그와의 사이가 그렇게 정리됐다고 해서 서운하다거나 아쉽다거나 한 건 전혀 없었다. 다만, 나의 그 배려 아닌 배려를 그가 조금이라도 느껴서 편안해해 준 거였다면 참 좋았을 텐데, 그렇게만 생각할 뿐이다.

밴드, 팀, 그룹이라는 건 함께이므로 언젠가는 헤어질 운명을 함께 안고 있다. 그리고 이런 일이나 이런 사람, 이별과 이별을 겪은 사람들을 접하는 건 은근히 드문 일이 아니다. 그 이유는 세상이란 건 결국 사람과 사람 사이의 일들로 돌아가는 것이기 때문이다. 어디엔가 득을 본 사람이 있다면 여기엔 손해를 본 사람도 반드시 있고, 누군가가 누군가에게 상처를 주었다면 누군가는 상처받은 게 당연하기 마련, 사랑이 있으면 헤어짐이 있고 태어남이 있으면 죽음도 있기 마련이니까.

내게도 쓰는 일만큼이나 사람과 함께하는 날이 고팠던 때가, 그래서 뜻을 함께하는 집단에 몸을 담았던 때가 몇 차례 있었다. 뜻이 맞는 사람끼리 모였으니 당연히 즐거웠고, 사랑이 싹텄지만, 결국 훗날에는 실망과 환멸도 함께 느끼게 되고, 원치는 않았지만 이런저런 잡음도 생겨나기 시작했다. 그렇게 지지고 볶고 나가고 들어오고, 영원히 안 볼 것처럼 문을 쾅 닫고 나가버리는 일이 반복되었고, 결국 그들과 나는 우리가 아닌 하나하나의 개인으로 오늘날을 살아가고 있다. 그리고 그 모든 이의 이해관계를 이해하고 정리하고 어림잡고 용서하고 용서를 비는 데에 이렇게나 오랜 시간이 걸린 것이다.

그러면서 깨닫게 된 거였다. 우리는 모두, 결국 헤어질 수밖에 없는 운명이라는 것을.

오늘도 혼자 글을 쓴다. 그때만큼 사무치게 외롭다거나 누군가가 고픈 건 아니다. 오히려 그 언젠가를 장작으로 삼아서 글을 쓸 때도 적지 않으니, 혼자라도 그럭저럭 괜찮지 않은가 싶은 날이 더 많다. 글을 쓰면서 듣고 싶은 밴드가 있어서 유튜브에 들어가 그 밴드의 앨범을 찾아 듣는다. 그리고 보니 이 밴드도 이제는 없네. 해당 앨범의 댓글 창에서는 이렇고 저런 이야기가 오가고 있었다. 이 밴드의 이때가 그립다는 말. 해체하면 안 됐었다는 말. 한 번 해체했더라도 시간이 좀 흘렀으니 재결합하면 된다는 말, 아니 새 보컬을 구해서 그때처럼 하면 된다는 말, 아니아니 그 사람 목소리가 아니면 절대 이 느낌을 다시 낼 수 없다는 말들이 뒤죽박죽되어 있었다. 나는 속으로 생각했다.

이 사람들아, 이건 그렇게 간단한 문제가 아니라니까. 이 앨범은 이때의 이 사람들이라서 가능한 거였다고.

하지만 이렇게 생각하면서도, 그때의 합이 좋았건 분위기가 끝내줬건 나발이건, 어쩔 수 없는 지금이라는 게 있다고 생각하고 마는 거다. 당사자의 한이랄지 이해하려 들면 안 되는 사정이라는 게. 그리고 무엇보다도, 이만큼이나 사람들이 그리워할 정도로 찬란한 시절이 있었다는 건, 누구보다도 그 시절로 돌아가고 싶은 건 본인이었을 테니까.

그저 할 수 있는 건, 좋아하는 비디오를 늘어질 때까지 봤던 어린 날처럼, 그들의 시간을 내 삶에 종종 초대하는 것이 어쩌면 전부겠다. 지금이야 아무래도 어땠건 그때 그 사람들이, 그 사람들이 만들어낸 것들이 아름답고도 행복했다는 것에는 변함이 없으니 말이다.

'지나온 발자취를 어떤 방식으로 간직해야 하나 생각해왔습니다. 언젠가 한 번 공연에서 말씀드린 적도 있네요. 제 결론은 그때와 같습니다. 누가 곡을 썼든 제가 불렀다면 저의 노래입니다. 부족한 부분도 많았지만 최선을 다해 한 인간으로서 제 경험과 감정을 담아 노래해왔기 때문입니다. 저는 제 목소리와 가수로서의 제 표현방식을 좋아했습니다. 커리어를 떠나 그것이 저의 삶이었습니다. 이 팀(가을방학)이 사라진다고 해도 저의 커리어가 사라질 뿐, 제 지나온 삶은 사라지지 않습니다. 마찬가지로 누가 쓰고 누가 불렀든, 노래로 위안받았던 순간의 기억은 무엇에도 침범받지 않을 오로지 여러분의 것이라 말씀드리고 싶습니다. 어디서건 힘내서 밝고 당당히 살아가시길 바라겠습니다.'

한때 사랑해 마지않았지만, 지금은 모종의 이유로 활동을 그만두게 된 밴드의 한 멤버가 남긴 말을 빌려, 슬슬 이 글을 마무리 지어보려 한다. 그런데 어째서일까. '어디서건 힘내서 밝고 당당히 살아가시길 바라겠습니다.'라는 말에서, '저 역시도 그럴 테니까요.'라는 말이 뒤이어 은근하게 들려오는 것은 나만의 착각인 걸까, 아니면 간절한 바람인 걸까.

어느 시절과 사람, 기억과 함께했던 이들, 그리고 이제는 그러지 못하게 된 이들이 언제까지고 씩씩하게 잘 지냈으면 좋겠다.

4부

사랑받으려고
거기에 있는 사람

가을과 어울리는 사람

낙엽을 주워서 만져볼 때마다
어딘가 모르게 더 추워지는 건
아마 얄팍한 두께감 때문일 것입니다
낙엽이 되는 나뭇잎이 원래 이런 건지
아니면 원래는 통통한 나뭇잎이었는데
무언가가 빠져나가서 이렇게 된 건지

잘은 모르겠지만

그게 가끔 무언가 빠져나간
내 뺨 같을 때가 있는 거예요

빠져나간 건 역시 그대였을까요
아니면 내가 그대에게 빠졌던 걸까

잘은 모르겠지만

가을과 어울리는 사람이 되고 싶다고
말했던 건 이런 뜻이 아니었는데

여행과 집

과연 어디서부터 어디까지가 여행인 걸까. 한때 나는 꽤 자주 그걸 궁금해했다. 여행은 집을 나서는 시점부터 시작되는 걸까 목적지에 도착한 시점부터 시작되는 걸까. 또 끝날 땐. 마지막 날에 체크아웃을 하는 순간부터 여행이 끝나는 걸까, 아니면 돌아와서 집 문을 열기까지의 모든 과정을 거치고 나서야 비로소 여행은 끝나는 걸까.

두 달을 꼬박 제주에서 지내다 원래 살던 곳으로 돌아오던 날, 나를 제외한 모든 것이 몇천 년 전부터 거기에 있었다는 듯이 그대로 거기에 있었다. 눈을 감고

서도 찾아갈 수 있을 것 같은 장소와 사물들이었다. 조금은 애잔하고도 서늘한 도시의 풍경들이, 너무도 오랫동안 내게 길들어있었고 당연해진 물건들이 비로소 여행이 끝나버렸음을 알려주기 시작했다. 그리고 그제야 나는 깨닫기 시작하는 것이다. 나는 제주가 좋았구나. 그곳이 그래서 좋았구나. 조금은 낯설고 불편한 것도 있었지만, 그래도 이곳의 것들과는 이렇게 다르고 또 저렇게 달라서 좋았던 거구나 하고.

그 무렵부터 나는 여행이란 건 그 여정을 다 끝내고, 두고 떠나온 그곳을 그리워하기 시작하면서부터 비로소 마무리 지어지는 것이라고 생각하게 됐다. 관성 같은 감정이 딱딱한 현실에 부닥칠 때 깨닫게 되고 그리워하게 되는 것, 그 막막하면서도 소중한 감정이 바로 여행이 가져다주는 것이라고. 그러니까 여행이란 건, '나는 왜 여기가 좋은가'를 알아가는 시간이 아닐까 하고.

태백은 밤이 적막해서 좋았고 묵호는 물이 사납고도 평화로워서 좋았다. 새벽 경주의 무수함, 한낮 전주의 복작거림이, 파주의 온종일 한적함이 좋았다. 어느 곳은 언제 가도 공기가 맛있어서 좋았고 또 어느 곳은 그곳의 풍경과 내가 제법 잘 어울리는 것만 같아서 설레기도 했다. 물이 좋아 술맛도 좋은 곳, 사람이 좋아 잠도 잘 이루는 곳이 있었다.

나 여행을 좀 다녀오려고요, 그 말이 좀처럼 입에 익지 않았던 시절에는, 그러니까 나를 이루고 있었던 세상이 집과 매일 거니는 동네에 그치고 말 정도로 좁았을 땐, 아는 것도 접해본 것도 없어 그저 늘 '여기가 좋다'고 여기곤 했다. 하지만 나중에 이곳저곳을 누비며 내 세상이 넓어지고 나선 더 좋은 곳이 많았다는 것을 깨닫는 일의 연속이었다. 그런 이유로 새로운 여행에 미쳐있던 한때도 있었다는 말이다. 새로운 곳은 언제나 감탄할 정도로 예뻤고 그곳에서 만난 사람은 더도 없이 친절하곤 했었으니까.

하지만 시간이 더 지나고 나서는 세상이 넓어졌다고 해서 처음의 그것이 무조건 나쁜 곳은 아니었음을 깨닫기도 했다. 낯선 곳의 광경과 사람들은 단지 내가 잠시 머무르다 떠날 장소와 사람이라서 그렇게 좋은 자극으로만 남을 뿐, 결국 끝내 그리워지는 것은 집과 집에 있는 사람이었다는 것을 깨닫게 된 것이다.

그 사람도 그랬다. 그 사람 같은 사람은 그 사람 말 곤 없었다. 그 사람만큼 좋은 사람이 없었다. 떠나고 나서야 알았지만, 뒤를 돌아보니 내가 있던 도시와 나 를 기억해주는 사람이 온데간데없이 사라지고 없어져 버렸지만 말이다.

내가 눕는 곳

"왼쪽으로 눕자."

내가 입버릇처럼 네게 했던 말이었다.

그런 말을 할 때마다 나는 늘 너의 왼편에 누워 오른쪽을 보고 누워있었다. 그렇게 네 등을 보고 있었다. 소화기관의 배치 같은 것들을 고려했을 때, 왼쪽을 보고 눕는 것이 건강에 좋다는 말을 어디서 들은 적이 있어서 말한 것도 있지만, 너와 마주 본 채로 누워있고 싶어서도 있었다. 너는 싫다며 괜히 틱틱대다가, 못 말리겠다는 웃음을 지으며 내가 있는 쪽으로 돌아누웠다.

우리는 너의 집에서 자주 누워서 시간을 보냈다. 두 사람 다 잠이 많은 사람이었기에, 만나서 하는 일이라곤 나가서 오래 걷고, 배불리 뭘 먹고 들어와서 영화한 편을 보는 둥 마는 둥 하다가 낮잠을 자는 일이 거의 전부였다.

해가 질 때쯤, 창밖이 온통 분홍빛 빨간빛으로 물들때쯤에 그러고 있으면, 우리는 완벽하게 같은 피부색으로 살아가는 물고기들이 된 것 같았다. 그러다 해가지고 밤이 되어갈수록, 남는 것은 농담들 속에서 깜빡깜빡 사라졌다가도 나타나는 두 사람의 별 같은 눈빛들이었다. 나는 물고기 같았다가 별 같았다가 하는 우리가 좋았다. 좁디좁은 침대에서 그저 그렇게 존재하고 있는 우리가 아름답다고 자주 생각했다.

요즘의 너는 어느 쪽으로 눕는지가 궁금하다. 오른쪽일까 왼쪽일까. 혼자일까 둘일. 나는 왼쪽으로 눕는 게 몸에 좋다는 걸 아주 오래전부터 알고 있었지만, 여전히 자꾸만 오른쪽으로 눕는 사람이다. 침대왼편을 비워두는 사람이다. 아주 오래전에 당신이 늘내 오른쪽에 있었다. 아름다운 시절이었다.

만약이라는 말

　　나이가 들면 들수록, 어디에 가서 자신을 소
개해야 할 때 일정한 레퍼토리만을 따라서 말하고 있
는 나를 깨닫게 됩니다. 나는 이런 사람이고요, 이런
사람이기도 하고, 또 이렇습니다, 그렇게 외우고 있던
것을 발표하듯 읊고만 있는 것을 발견하게 되는 것입
니다. 그러다 보면 내가 왜 이런 사람인지, 왜 이것 그
리고 저것을 좋아하게 됐고 싫어하게 됐는지를 잊어
버리기도 하는 것 같습니다. 그래서 나는 종종 나라는
사람을 조금 낯선 사람을 만나기라도 한 것처럼 분석
해보곤 합니다.

오늘도 내가 무엇을 싫어하는지를 생각해보았습니다. 오이와 너무 단 음식을 싫어하는 것, 색이 쨍한 옷과 전자음이 너무 많이 들어간 음악을 싫어하는 것은 그저 취향의 문제이니 말할 것이 그다지 많지 않지만, 다른 많은 것에는 다 나름의 이유가 있었습니다. 몸에 열이 많고 피부 또한 얇고 약해서 여름이 싫었습니다. 다치고 넘어진 기억이 어릴 때부터 많아 바퀴가 두 개 달린 탈것들이 싫었습니다. 한때 맡았던 가난의 냄새가 더 짙어지는 것 같아 집에서 혼자 소주를 마시는 일은 피하려고 했습니다.

그리고 내가 사람 많은 곳을 어려워하는 것은, 그리고 밤에는 더더욱 피하고 싶어 하는 것은, 내가 어딘가에 사람이 있는 이상 그들로부터 신경을 끄지 못하는 사람이기 때문입니다. 그 사람이 아무리 모르는 사람이더라도 어느 순간 그에게 감정이 이입돼버려서, 자주 시선을 빼앗기고, 발걸음을 잃고, 때로는 같이 울고 난처해하기 때문입니다. 그것은 사람이 많으면 많을수록, 그리고 그들의 표정이 어두우면 어두울수록 더했습니다.

늦은 밤에 거리를 걷다 보면 길바닥에 아무렇게나 앉아 있는 사람, 우는 사람, 너무 많이 취해 있는 사람, 그 바람에 다툼 같은 상황에 휘말리는 사람을 많이 봅니다. 그리고 그건 어제도 마찬가지였습니다. 가까운 사람을 만나 술을 한잔하고 날씨가 좋아 집으로 걸어가는 길이었습니다. 한 연인이 차도와 인도를 나누는 턱에 나란히 앉아 도란도란 대화를 나누고 있었습니다. 두 사람 모두 까딱거리며 몸을 제대로 가누지 못하는 것, 너무 상기되거나 너무 뭉개진 목소리로 말하는 것을 봤을 때 제법 많은 술을 마신 모양이었습니다. 그들은 둘인데 나는 당장 혼자여서 그랬던 건지, 나는 저만큼이나 흠뻑 취하지는 못해서 그랬던 건지, 어딘지 모르게 그들이 마음에 들지 않았습니다. 조금 더 걸었습니다. 마찬가지로 연인 사이로 보이는 여자와 남자가 벤치에 앉아 이야기하고 있었습니다. 멀리 떨어져 있을 때도 몇 글자는 분명하게 들릴 정도로 그들은 드문드문 언성을 높이고 있었습니다. 뭔가 둘의 관계가 원하는 대로 흘러가지 않거나 마음에 들지 않는 부분이 있는 것 같았습니다. 그들을 스칠 때도 기분이 그다지 좋지 않았습니다. 조금은 추하다는 생각까지도 했습니다. 아파트 단지에 도착해서는 또 다른 연인이 있었습니다. 분주한 실루엣이나 말투들로 미루어보건대, 한쪽이 다른 한쪽에게 용서를 빌거나 떠나간 마음을 붙잡기 위해 그가 사는 곳으로 찾아온 것 같았습니다. 이제는 마음에 들지 않는다는 생각도, 추하다는 생각도 들지 않았습니다. 그저, 아, 오늘이 무슨 날이긴 날인가 보다, 그렇게 생각했을 뿐입니다.

도어락 비밀번호를 천천히 누르고 지갑을 책상 위에 던져놓고 잠깐 가만히 서 있었습니다. 잘 생각해보았습니다. 오는 길에 보았던 세 쌍의 연인이(연인이 아닌 사이도 있었을지 모르지만) 내게 꼴사납게 보였던 건, 어쩌면 나는 그랬던 적이 없었기 때문이 아니었을까. 단 한 번이라도 술에 취해서, 있는 말 없는 말, 멋진 진심과 추한 진심을 다 쏟아낼 생각을 안 해봤기 때문은 아니었을까.

그들은 다만 사랑 앞에서 노골적일 정도로 솔직한 사람들일 뿐이었을지도 모릅니다. 지금까지의 저와는 다르게 말이지요. 오늘 나와 같이 마시다 같이 취해버린 당신이 너무 예뻐서, 시시콜콜한 수다나 떨고 어깨나 부딪쳐가며 길바닥에 나란히 앉아 있기만 해도 좋아서 그랬을지 모릅니다. 당신을 향한 사랑을 나는 이만큼이나 크게 또 많이 갖고 있는데, 당신은 왜 그러질 않느냐며, 왜 나를 서운하게 만드느냐며 언성을 높이고 싶었을지 모릅니다. 누가 보아도, 심지어 당사자인 내가 보아도 다 끝난 사이라는 걸 알아도, 없는 지푸라기라도 만들어서 잡고 싶었던 건지도 모릅니다. 그래서 그렇게 그 늦은 밤에, 그토록 취했던 거였는지도 모르겠습니다.

기억을 잘 더듬어보면, 내가 술에 취해 길바닥에 앉아 있을 때는 늘 둘이 아닌 혼자서 그랬었던 것 같습니다. 그리고 그땐 이미 사랑에 관해 뭔가를 포기했거나 잃고 난 이후여서 혼자였던 것 같습니다. 그렇게 누구보다도 불우한 표정으로, 누구보다도 악취를 풍기는 모습으로 아무 곳에나 앉거나 팔을 휘적대며 걸었던 거였겠습니다.

만약, 그 밤에 봤던 사람들만큼이나 내가 추하지만 솔직한 사람이었다면 어땠을까요. 취하고 추하더라도 혼자가 아니라 둘이서 미리 취하고 또 추했더라면, 그 뒤가 조금 달라졌을까요. 어쩌면 지금도 다른 지금이 됐을까요. 내 눈에 제일 예뻤던 사람과의 순간이 조금 더 달았을까요, 지독한 숙취가 지나가면 세상이 더없이 살맛 났던 것처럼, 서운함도 말끔하게 가시고 없었을까요. 영영 멀어지던 사람이 기적처럼 내 손에 잡혀주었을까요.

만약이라는 말은 힘이 셉니다. 도수가 높은 술처럼 이 안쪽을 이토록 뜨겁거나 쓰리게 하곤 합니다. 그리고 나는 앞으로도 종종 그 강한 것 앞으로 가서 스스로 압도되어, 모든 기억을 잃고 혼자가 되어 깨어난다고 하더라도 기꺼이 그러할 것을 압니다. 영원히 계속되는 돌림노래 또는 술버릇처럼, 만약에, 만약에, 라는 말만 속삭일 것입니다.

가치

하는 일이라곤 늘 읽고 쓰는 것이 전부이다 보니, 나는 일상에서도 무엇이든 쓰여 있는 것이라면 늘 읽고 보는 편이다. 버스를 탔을 때도 괜히 노선도에 있는 정류장들의 이름을 하나하나 발음해보고는 어감이 예쁜 것이 있으면 메모장에 적어두고, 마트에 가서는 혹시 이 홍보 문구 중에 틀린 표현은 없는지를 살펴보기도 한다. 나만 웃겼던 것일 수도 있겠지만, 바닥에 나뒹구는 어떤 전단을 읽었을 때 '이 모든 것을 통틀어 단돈 만 원'이라고 적혀야 맞는 것인데, 이 모든 것을 '통 털어'라고 잘못 적혀 있는 것을 보고 한참을 갸우뚱했던 적도 있었다.

얼마 전에 아파트 엘리베이터를 타고 내려오면서 벽면에 붙은 안내문을 보면서는. 그리고 단지 안에 큼지막하게 걸려 있는 현수막을 보면서는, 그 내용이 제대로 와닿지 않아 고개를 갸웃거렸다. 문법적으로 틀린 것도 메시지가 이상한 것도 아닌데 괜히 그랬다.

자세히는 기억나지 않지만, '통신망 공사를 얼른 추진하여 내 아파트 가치를 높입시다'와 비슷한 문구였다. 내 아파트 가치를 높입시다, 출퇴근길에 오며 가며 그 문구를 몇 번이고 읽어보았다. 나는 그게 왜 그렇게도 씁쓸하게 읽혔던 걸까. 글자들 너머의 장면들을 함부로 상상하곤 하는 나의 체질 때문이었을까.

어떤 공사가 제대로 추진되고, 아파트 주변에 새로운 전철역이 생기고, 쇼핑센터 같은 것이 세워진다. 그것들을 바라보면서 누군가는, 그리고 어떤 가족은 우리가 가진 집의 값어치가 이만큼이나 올랐다며 손뼉을 치며 좋아한다. 점심 무렵에 가까운 사람에게 전화를 걸어 글쎄 이렇고 이런 좋은 일이 생겼다며 신나서 떠들어댈 것이다. 어떤 날에는 그것을 기념하며 맛있는 야식을 이것저것 펼쳐놓고 시원한 맥주를 한잔

할지도 모른다.

하지만 다른 층의 다른 세대의 분위기는 전혀 다를지도 모른다는 것이다. 가만히 잘살고 있는데 왜 역이 들어오기는 들어와서 곤란해졌다고 한탄할지도 모른다. 오늘 아침에 세대주로부터 전화가 왔다며, 월세를 오십만 원 올려서 받겠다는데 어떻게 해야 하냐며 둘이서 셋이서 넷이서 발을 동동 구를 것이다. 우리는 또 이사를 가야 하겠구나 하며 머릿속에서 이런저런 계산기와 달력들을 눌러보고 펼쳐댈지도 모르는 일이다.

나는 같은 공간, 가까운 공간에서 함께하는 사람들의 기분과 마음이 이토록 다르게 그려지고 다가올 때마다 별수 없이 슬퍼진다. 너무 감상적인 건 아닌가 싶긴 하지만 그래도.

무언가가 크게 잘못됐다는 건 아니다. 평생을 등골이 빠지게 일해서 내 집 마련을 해낸 사람들은 응당 박수받고 존경받아야 마땅한 사람들일지도 모른다. 그리고 그렇게 구한 집의 값어치가 오른다는 것은 그들에게 더없이 기뻐해야 할 일이 맞을 것이다. 자본주의 사회에서 본인의 부의 가치를 높이고자 하는 것은 어찌 보면 당연한 일이다. 하지만 그것이 내게 좋지 않게 읽혔던 것은, 내가 함부로 상상했던 것처럼 그곳에 사는 모든 사람이 그곳에 있는 아파트를 소유하고 있는 것은 아니기 때문이었을 것이다. 그러니까 그 말이 누군가에게는 곧바로 부담이 되는 말이 될 수도 있다는 것을 알았기 때문이었을 것이다.

조금만 생각해봐도 당연한 이야기다. 그곳에 세를 들어 사는 세입자라면, 아파트의 가치가 올라갈수록 기분이 좋기보다는 난처해질 것이다. 세를 들어 사는 곳의 가치가 점점 더 올라가고 있으니, 그만큼이나 거주하는 데에 드는 임대료가 올라가서 그들에게는 실질적인 부담이 될 것이 뻔한 것이다.

어떤 것이 옳은 것인지. 하나하나, 한 곳 한 곳을 너무 가깝고 커다랗게 봐서는 안 되는 건지. 너무 자주 부러지고 쓰러지지 않기 위해선 역시 일일이 슬퍼하는 버릇을 좀 버려야 하는 건지. 나는 아직 모른다. 다만 아주 조심스럽고도 개인적인 말을 이 한 페이지를 빌어 적어보자면, 조금 더 나은 소통의 방법이 혹시 있지는 않을지 생각해보는 것이다. 내 아파트의 가치라는 말보다는, 모두가 더 편안해지는 아파트라는 말은 어떨는지. 더 살기 좋아진 아파트라는 말은 어떨는지와 같이 말이다. 물론, 나 혼자 그런 것들을 궁리한다고 해서 바뀌는 것은 별로 없겠지만 말이다.

다정한 향 첨가

예쁨과 잘생김, 귀여움, 웃김, 때로는 적당한 싸늘함과 찌질함까지. 세상에 정말 수많은 매력이 있지만, 역시 그중 제일은 그래도 다정이 아닐까 한다. 아닌 게 아니라 어디를 가든 어떤 사람이 좋은지에 관한 대화가 시작되면, 늘 다정한 사람이 좋다는 말이 사방에서 들려오니까. 나 역시 그렇다. 한때 다정함의 천재가 되고 싶다는 말을 입버릇처럼 말하며 다니기도 했었다.

하지만 이성적으로 생각해보건대, 나는 천성이 다정과는 거리가 있는 사람이 아니었을까. 말로만 번지르르한 약속을 일삼고 걱정하거나 챙겨주는 척만을 하다가도, 내가 좀 여유가 없어지고 힘들어지면 솔직히는 다른 사람이 눈에 들어오지 않았다. 가끔은 글을 쓸 때 내게 할당된 다정을 다 소비해버린 느낌이 들어 정작 내 주변 사람들이 불쌍하게 여겨지기도, 그들에게 미안해지기도 했다.

정말이지 다정한 사람은, 그 좋다는 다정한 사람은 어떻게 완성되는 걸까. 타고나야 하는 것일까.

주변에 다정한 사람이 누가 있는지를 생각할 때마다 떠오르는 얼굴이 몇 있었다. 그 사람들은 다정이라는 말이 맞춘 옷처럼 잘 어울리는 사람들이었다. 누구도 기억해주지 않는 사람의 생일마저도 기가 막히게 알아채고 매번 모두의 케이크를 준비하는 사람, 신발에 작은 자갈 하나만 들어가도 눈물을 터뜨릴 것 같은 날에 어떻게 알았는지 잘 지내고 있느냐고 전화를 걸어오는 사람, 어디 가지 말고 집에 혼자 있지도 말고 그냥 나랑, 우리랑 같이 먹고 같이 마시자고 하는 사람, 생각이 났다며 무언가를 사 들고 오는 사람, 네 것까지 만들어봤다며 투박한 무언가를 건네는 사람, 나도 모르는 나를 사진으로 담아주는 사람이었다.

물론 따지고 들면 그런 사람들 모두가 다정한 사람은 아닐지도 모른다. 다정한 사람의 기준이라는 건 눈에 보이지도 않고 측정할 수도 없기에 여전히 잘 모른다. 하지만 다른 사람들보다도 서술한 사람 중에 다정한 사람이 많을 것은 어쩌면 당연한 일이 아닐까. 그리고 그 말은 즉, 그 사람들을 닮기 위해 애써본다면 그들의 향기를 조금이나마 따라 할 수도 있는 것 아닐까. 그래서 가끔은 나도 어울리지도 않게 케이크가 맛있다는 가게 앞을 서성거리거나 보고 싶다는 전화를 걸어보기도, 시장에서 실수로 과일을 너무 많이 사버렸다고 말 같지도 않은 말을 지껄이기도 하는 거겠지.

'향 첨가'라는 말이 적힌 음료나 음식을 먹고 마실 때면 마음이 애잔해진다. 눈을 감고 먼 대륙의 농장이나 목장을, 농장과 목장의 흔적이라도 느껴보려 음미해보기도 한다. 원물 그대로인 것들, 원액 함량이 높은 것들보다 비교적 싼 가격표를 달고, 그것들의 사이사이에 잠입하듯이 진열되는 방식으로 우리 집의 냉장고까지 온 녀석들.

나는 그것들이 가끔 나 같을 때가 있다. 다정이 천성은 아니지만, 그래도 흉내라도 내보려고, 다정을 애쓰는 사람 정도는 돼보려고 하는 사람이 나라서. 그렇게라도 내가 좋아하는 사람의 집에 숨어들기를 원하는 사람이라서. 아마 그 애잔함도 동병상련의 마음으로부터 왔을 것이다.

나도 조금이나마, 비슷한 느낌이나마 줄까 하여 다정을 연습해보는 밤. 누군가가 나를 음미해주기를 바라는 밤이다.

잘만 자

너는 모른다. 우리가 전화를 마무리 지을 때마다, 그러니까 잘 자라는 말을 주고받을 때마다, 나는 자주 길을 잃곤 한다는 걸. 잘 자라는 말의 앞에 포장지처럼 또는 리본처럼 붙여주고 싶은 말이 있는데 늘 그 말은 못 하고 만다는 걸. 졸리고 지치는 건 내가 다 가질 테니까 너는 잘만 잤으면 좋겠다는 말이었는데. 나는 어차피 자고 싶어도 잘 못 자는 사람, 눈 밑이 늘 검은 사람인데, 너라면 그 시간, 그 잠을 조금 더 잘 써주지 않을까 하는 생각을 늘 하게 되거든. 웃기지도 않은 망상이지만 말이야.

나는 자주 네가 깨지 않았으면 좋겠다고 생각해. 정말 잘하는 운전은 시속 백오십, 이백 킬로미터를 달리는 운전이 아니라 어느새 옆 사람이 꾸벅꾸벅 졸게끔 하는 운전이라는데, 나는 내 차에 있는 네가 자주 꾸벅꾸벅 졸았으면 좋겠어. 그래서 눈 떠보니 벌써 와야 할 곳에 다 왔네, 여행지에 도착했네, 또는 우리 집에 도착했네 하면서 놀랐으면 좋겠다고. 또 운전할 때가 아니라 나란히 누워 잘 때도 그래. 내가 코를 골지 않는 사람, 잠버릇이 없는 사람을 넘어서 돌이나 나무처럼 가만히 자는 사람이라면. 그래서 네 잠을 잠깐이라도 방해하지 않는 사람이라면 좋겠어. 그래서 그랬나 봐. 잘 잤냐고 물었을 때 잘 잤다는 대답이 돌아오면 그래서 좋았던 건가 봐. 괜히 내가 뿌듯해하기도 하고 그랬다니까.

조금은 터무니없는 고백이지만. 언젠가는 기어들어가는 목소리로라도 꼭 말할래. 잘만 자. 졸리고 지치는 건 내가 다 할 테니까. 그렇게. 그러다 너무너무 지치는 날에는 이쪽에서 하루만 재워달라고 졸라보기도 할 테니까. 욕실 좀 빌리자고, 이불 한 장만, 침대 한쪽만 빌리자고 할 테니까. 그것도 또 그것 나름으로 고백처럼 말해볼 테니까.

레 몬

"그 밴드 기타리스트. 그래 그 안경 쓴 사람, 나는 그 사람이 귀엽더라."

네가 그렇게 말하며 그 밴드의 곡을 들을 때는 바깥의 구름도 구름 바깥의 하늘도 조금 더 선명해지는 느낌이었어. 아마 고개를 좀 까딱거려서 그랬나. 콧소리 같은 게 들려서 그랬나. 그렇게 모든 게 선명해지는 날에는 아무리 좁고 깊은 우물도, 그늘에 있는 우물도 반짝거릴 것 같았어. 어둡고 침침했던 곳곳에 볕이 들 것만 같았단 말이지. 많은 소리 중에서도 기타 소리가 좀 더 잘 들리는 하루였어.

"귀엽지 않아?"

너는 한 번 더 물어왔고 그때 내 턱 안쪽에서, 그 우물 깊은 곳에서는 레몬 나무가 자라난 모양이었어. 넌 그냥 어느 밴드의 기타리스트가 귀여운지 아닌지를 물은 건데 말이야. 입안에서 자꾸 레몬이 자라나서 혼났어. 응, 나는 너를 진짜 귀여워해, 그 대답이 너무 시어서 뱉지 못했어. 침만 꿀꺽꿀꺽 삼켰어. 그날은 온종일 배가 고팠어. 아무리 거한 식사를 해도 헛헛할 것 같았어.

나는 사실 그 사람이 아니라 그저 안경 쓴 사람이 네 취향이었으면 좋겠다고 생각했어. 네가 귀엽다고 한 그 사람은 이미 결혼도 했고 안경이라면 나도 종종 쓴다고 말하고 싶었어. 앞으로 쉬는 날마다 기타를 배워볼까 한다고 말하려다 말았어. 그날 밤 꿈에서 우리는 한여름에 있었어. 날이 더웠고 계속 걷다가 걷다가, 이제 밴드 음악은 질렸어 하고, 네가 모든 걸 팽개치고 카페로 뛰어 들어가는 꿈이었어. 레모네이드를 마시고 싶다고 말하는 꿈이었어.

무조건적인 껴안음

지금에야 친구들 앞에서 할 말 못 할 말 다 하며 살지만, 나는 중학생 때까지만 해도 어디를 가든 그곳에서 제일 조용한 아이였다. 사소한 농담이나 관심사에 관한 대화도 제대로 하지 못했고 심지어 좋다 싫다, 맛있다, 졸리다, 화장실에 가고 싶다 같은 일상적인 말조차 제대로 하지 못했었다. 친구들에게도, 선생님께도.

아마 초등학교 2학년생일 때쯤이었을까. 그때 우리 학교 우리 반에는 내게 눈엣가시 같은 아이가 하나 있었다. 내게 뭘 잘못했다거나 했던 건 아니었다. 그냥 나랑 너무 달라서, 그래서 싫어했었다. 반장으로서 어디서든 친구들의 한가운데에 있고, 공부도 운동도, 사람들 앞에서 말하는 일도 누구보다도 당당하고 멋있게 잘하는 아이였다. 나와 너무 다르다고 또 좋은 사람이라고 그를 싫어했다니, 지금 생각하면 나도 참 찌질했구나.

오해가 있었다. 체육 시간이었다. 그때 나는 가만히 앉아 바닥을 보고 개미들의 움직임이랄지 모래들 각각의 생김새 같은 것을 보고 있었는데, 내 뒤에서 어떤 목소리들이 들려왔다. 정확히는 기억 안 나도, 쟤 뭐해? 몰라, 바보 같아, 저럴 바에 확 죽어버리지, 그런 말들이었다. 그리고 그중 가장 잘 들리는 목소리는 바로 그 목소리, 그 아이의 당당한 목소리였다.

나는 그게 나한테 하는 말일 줄로 확신했다. 아무리 활발하게 뛰어놀지 않는 아이기로서니, 죽어버리라니. 화를 참을 수 없었다. 눈물까지 났다. 새빨개진 얼굴로 뒤를 돌아보니, 그 아이는 체육창고인지 어딘지를 향해 혼자 걸어가고 있었다. 아마도 선생님이 반장인 그 아이에게 무언가를 시킨 것 같았다. 나는 그대로 그 아이를 따라가서 몸을 던져 마구 그 아이를 공격하기 시작했다. 나보다 키가 훨씬 더 컸기에 내가 질 것이 뻔해 보였지만, 그건 그렇게 넘어가서는 절대 안 되는 문제였다.

친구는 당황하며 나를 붙잡았다. 그리곤 차분한 말투로 내게 이런 말들을 건네왔다. 왜 그래, 뭐가 문제야, 말해봐, 내가 들어줄게. 하지만 극도로 흥분한 내게 그런 말들은 들릴 리가 없었다. 나는 그렇게 내일까지 계속하기라도 할 것처럼 계속 그 아이를 공격했지만, 그렇게 붙잡힌 상태에선, 그리고 그 꼬맹이의 체력으로는 그것도 얼마 가지 못했다.

점점 더 크게 헉헉대고 땀을 뻘뻘 흘릴 때쯤, 비로소 명확하게 귀에 들려오는 목소리가 있었다.

"괜찮아, 괜찮아, 괜찮아…"

그 아이의 목소리였다. 그 아이는 나를 부둥켜안고, 괜찮다는 말만 반복하고 있었다.

우리는 각자가 흘린 땀을 닦으며, 조금 전의 다툼의 원인에 대해 이야기하기 시작했다. 그건 정말이지 커다란 오해였다. 그 친구와 옆에 있던 친구들은 내 너머에서 우스꽝스럽게 피구를 하던 아이들을 보며 이야기를 나누고 있었는데, 나는 그것을 듣고 내게 그들이 바보 같다는 말을 하고 있었던 것으로 알았던 것이다. 바보 같이, 그리고 미안하게도...

웃기지만, 그 이후로 그 친구와 나는 둘도 없는 친구가 되어 매일 등하교를 함께하기 시작했다. 물론 5학년이 되고 내가 다른 지역으로 이사를 가는 바람에 그 친구와는 영영 멀어지게 됐지만, 지금 되돌아봐도 지금의 내가 그나마 괜찮은 사회성을 지니게 된 건, 그 친구의 영향이 컸을 것이라고 생각한다.

언젠가 봤던 동영상에서, 술에 취해 난동을 부리던 사람을 누군가가 부둥켜안아 진정시키는 모습을 본 적 있다. 그 취객은 경찰을 비롯한 그 누구에게도 공격적인 태도를 보이다가, 그 한 번의 껴안음에 자신의 모든 것을 무너뜨리고 서글프게 흐느끼기 시작했다. 내가 그 동영상을 보면서 남들보다 더 크게 소름이 돋고 눈에 눈물이 맺혔던 건, 그 모습으로부터 이십 년도 더 전의 내 모습을 보았기 때문이었을 것이다.

누구에게라도 괜찮다는 말과 무조건적인 껴안음을 베푸는 사람으로 살아가고 싶다. 나도 어느샌가 그날의 그 친구만큼 커다란 어깨와 품을 지닌 사람이, 그 누구라도 한 명쯤은 껴안아 토닥여줄 수 있는 사람이 됐으니까. 그리고 괜찮다는 말은, 그렇게 때로는 도무지 괜찮아지지 않을 것 같은 마음마저 괜찮게 만드니까.

그이

온라인을 통해서만 알고 지내던 사람이 있었다. 나는 그 사람이 지닌 취향과 독서 습관, 말하기 방식이 이성으로서가 아니라 그저 사람으로서 마음에 들어, 그 사람이 온라인 공간에 남겨둔 흔적들을 어쩌다 한 번씩, 마주칠 때마다 멈춰서 읽기를 즐겼다. 몇 번쯤은, 이런 사람이 글을 써야 하는데, 그렇게 감탄하기도 많이 했었다.

연애를 시작한 것 같았다. 일상 이야기나 옛날에 이랬고 저랬다는 이야기가 주를 이루던 공간에 한 사람에 관한 이야기가 조금씩 많이 올라오기 시작했다. 나는 그것을 보는 일 역시 드라마나 소설책을 보는 것처

럼 즐거워서, 어느 순간부터는 글이 올라오는 주기가
뜸해지면 뜸해질수록, 무슨 일이 있는가, 많이 바쁘신
가, 초조해할 정도로 그 기록들에 빠져들게 되었다.

그러게, 나는 왜 소설도 드라마도 아닌 타인의 로맨
스에 이렇게도 집착하고 있는가, 옆집 사람들의 속사
정을 샅샅이 알고 싶어 하는 동네 호사가 같은 인간이
나도 모르는 새에 돼버렸나, 하루는 문득 그게 궁금해
져서 골똘히 생각해보기도 했다. 그리고 내가 내린 결
론은 그거였다. 말투. 말투였다.

그 사람은 자신이 사랑하는 사람에게 우리 누구누구
도 자기도 오빠도 무엇도 아닌 '그이'라는 호칭을 붙이
기를 즐겼다. 어제 그이가 꽃다발을 사다 주었다. 내가
좋아하는 꽃이었다. 오늘은 그이가 아파서 그이 집에
가서 죽을 끓여주고 왔다. 저번 주엔 그이와 살짝 다
투었다. 나는 충분히 속상할 수 있는 일이었는데, 그게
그이에겐 정말로 대수롭지 않은 일이었기에 그런 거였
다. 그이에 대해 조금 더 공부하게 된 시간...

그이. 그이라는 말이 나는 왜 그렇게도 읽기에 좋았

을까. 가끔은 나를 지칭하는 말이 아닌데도 그이, 하고, 속삭여 발음해볼 정도로 아찔한 말이었다. 그이, 그이... 아마도 그이라는 말이 내게 좋게 들리는 이유는, 그 안에 고풍스러운 느낌은 물론이거니와 한 사람을 향한 무한하지만 안정적인 사랑과 존중과 존경이 들어있기 때문이었을 것이다. 내가 지칭하는 그이, 그 사람은 다른 누구도 아니고 누가 될 리도 없으니, 아무리 말이 엇갈리고 다투게 되더라도 그이가 다른 이가 될 리는 없을 거라는 믿음 같은 것, 그 낱말에서는 그런 복합적인 단맛들이 느껴지고 있었다.

사랑을 하는 데 있어서 그 사람을 다정하게 부르는 일만큼 중요한 일도 없다는 생각을 늘 한다. 야, 너, 저기, 있지, 그런 말들 속에도 충분히 애정을 담을 수는 있지만, 누구야, 누구야, 말의 높이와 질감 자체가 따뜻한 호칭은, 그리고 그 사람이 그 자리에 없을 때도 그이, 우리 누구는요, 그렇게 소개하는 일은, 듣는 이에게 마치 예쁜 선물이 담긴 예쁜 상자를 받는 느낌을 준다.

사랑한다는 말 없이도 사랑한다고 말할 수 있는 일, 어쩌면 다정한 부름이 그 일을 할 수 있지 않을까.

이름

문득 생각나는 이름들이 있었습니다
그건 영어식이나 일본어식 중국어식의
비교적 낯익은 느낌의 이름이 아니라
북유럽 동유럽 아랍 쪽 이름이었습니다

어떤 날에는 한 시간에도 몇 번씩
그 이름들이 생각나서 곤혹스러웠습니다
도대체 누구인데 그래, 좀 알아야겠어 하며
그 이름을 여기저기 검색해보기도 하였습니다
축구선수거나 정치가거나 시인이거나 하더군요

나는 나와는 관계도 없는 사람인데
왜 이 사람이 떠오른 걸까 생각하다가도
그 사람과 나 사이에 뭔가가 이어져 있는 걸까
헛된 망상을 해보기도 했습니다

그러니 어딘가의 당신도 문득
제 이름을 떠올려 주시기를 꿈꿉니다

뭐야 결국 그 사람 이름이었네
피식 웃고 말아버려도 좋으니까요

역시 그 사람이랑 나
무언가 이어져 있는 걸까
그렇게 생각하고 설레하는 건
제가 혼자 다 해도 되니까요
혼자서라도 멀리서라도 행복할 테니까요

무용한 사람

      내가 가장 좋아하는 숫자들만 신기할 정도로 가득가득 들어있는 영수증, 키우고 있는 앵무새가 털갈이를 할 때 뽑아낸 기다랗고 촉감이 좋은 깃털, 한때 내가 제일 좋아했던, 그리고 이제는 사라져버린 카페의 컵 슬리브, 정말 좋아했던 영화의, 이제는 잉크가 전부 날아가 버린 티켓, 서점 곳곳을 돌며 손에 넣은, 어떻게 보면 내 취향이 아닐 수도 있는 책갈피들까지. 내가 가장 오랫동안 지녀온 상자에는 그렇게 이유도 모를 물건이 몇 개 있고 그것들이 내게는 가장 소중합니다. 쓸모도 없는 것들이 괜히 소중한 게 아니라, 그다지 쓸모가 없을지라도 그 존재만으로 내게 중요한

것이기 때문에 갖고 있는 것들입니다. 그것들 각각에
게는 내 취향과 애정, 인생 전반을 관통할 수도 있는
다짐 같은 것들이 스며 있기에, 나는 그것들을 가끔
꺼내 들여다보는 것만으로도 웃을 수 있게 되고 며칠
을 더 버틸 수 있게 됩니다. 비록 그 물건들을 가만히
웃으며 내려다보는 모양새가 남이 보기에는 다소 음
흉하거나 이상해 보일 수도 있을지는 몰라도요.

조금은 발칙하고 괘씸한 고백이지만, 맨 처음 당신
을 보았을 때, 나는 당신이 언제까지나 무용한 사람이
기를 바랐습니다. 사람들에게 어떤 도움도 될 수 없
는 사람, 무엇 하나 제대로 할 수 없는 사람이기를. 이
사람이 여기에 왜 있어, 어디를 가든 그런 인상을 풍
기는 사람이기를. 그래서 내 옆이 아니면 아무 의미
도 없는 사람이기를요. 물론 정말로는 그런 사람은 있
을 수가 없고 그래서도 안 된다는 걸 너무나도 잘 알
지만요. 처음의 마음만은 그랬다는 말입니다. 어쩌면
그 말은 그만큼이나 당신을 처음부터 사랑하게 되었

다는 말이 될 수도 있겠습니다. 그래서 당신을 가운뎃점으로 삼아서 취향과 애정의 기준을 다시 세우고, 인생 전반을 관통할 수도 있는 여행들을 해나가야겠다고 다짐 비슷한 것까지 해버린 것입니다. 어쩌면 그렇게 당신을 가만히 웃으며 넘겨다보는 모양새가, 남이 보기에는 다소 음침하거나 이상해 보였던가, 그건 아무래도 상관없지만요.

당신 참 쓸모없군요. 이 말은, 어떤 아끼는 물건처럼 당신을 어디까지나 데리고 가고 싶다는 내 최소한의 고백입니다. 꽤 발칙하고 패씸하지만요.

재즈의 계절

담벼락에 재즈의 계절이라는 포스터가
붙어있는 걸 봤다
새삼스럽군, 재즈는 원래 어디에도 어느 때에도 있는데
그래도 그 흔하고 좋은 게 새삼스레 더 생각나긴 했다

이 계절에게 나의 계절이라는 이름을 새로 지어주면
그렇게 당신 곁을 밋밋하고 흔하게 스쳤던 나도
새삼스레 당신에게 다가가고 떠오를 수 있을지

몇 글자

고작 몇 글자 적었다고 이만큼이나 슬퍼져서 큰일입니다. 우리의 이름이 노래 가사처럼 이어지고 있었고 또 노래처럼 금방 끝나버렸습니다. 얼른 재채기하는 시늉 마른세수하는 시늉을 했습니다. 노래 한 곡 들었다고 울어버리는 사람이 되는 건 부끄러운 일이니까요.

사랑받으려고 거기에 있는 사람

가끔 동네 친구를 만나서 걷는다. 대단한 이
야기를 하겠다는 것도 아니고 대단한 운동을 하겠다
는 것도 아니고 그냥 소소하게 수다도 떨 겸 조금 운
동도 할 겸 미적지근하게 걷는다. 방향 한 곳을 정하
고 직선으로 쭉 걷다가, 이제 이쯤이면 됐다 싶은 곳
에서 다시 돌아오는 식이다. 출발은 같이하는데 돌아
오는 건 따로 하는 날도 있었다. 다른 친구 녀석이 술
이나 마시자고 꼬시는데, 그래서 친구는 그길로 그 친
구를 보러 가려고 하는데, 안타깝게도 나는 밤에 해야
할 일이 있는 경우가 그랬다.

친구가 손목이 부러졌다는 소식을 들은 것도 그렇게 집으로 따로 가기로 한 다음 날이었다. 어느 정도 걷다가 헤어지고, 나는 집으로 돌아가고 친구는 어디로 가서 술을 한잔했는데, 그렇게 술을 마시고 돌아오는 길에 길이 깜깜해서 그만 돌부리에 걸려 넘어져 버렸다는 거다. 도대체 어떻게 넘어지면 손목뼈가 한두 조각도 아니고 그렇게 여러 조각이 나느냐고 놀리듯이 물어봤지만, 친구가 몇 주 동안 병원에 입원하는 바람에 나 역시도 몇 주 동안 좀 적적하긴 했다.

친구가 퇴원하고 다시 걷게 된 날, 녀석은 유난히도 칭얼대고 있었다. 어디가 어떻게 아프고 어떻게 불편했으며 이거랑 저걸 못해서 심심했다고. 그래서 심심할까 봐 내가 아이패드 빌려줬잖아, 그렇게 대답해봐도 술도 못 마시고 게임도 못 해서 아무튼 심심했단다.

그러면서 하는 말이 어김없이 그 사람 이야기였다. 어느덧 헤어진 지도 반년이 돼가는 그 사람. 팔 년을 만났다가 헤어진 그 사람 이야기. 이야기의 내용이야 뭐 늘 그랬듯 걔랑 어디서 만나서 어떻게 놀았다, 그런 게 거의 전부였지만, 어쩌면 그날 친구가 하고 싶었던 이야기는 다른 게 아니었을까. 너랑 팔 년을 사귀었고 혼자가 된 나는 팔이 부러졌는데, 술을 마시지 못했으며 이것도 저것도 서러웠는데, 이렇게 칭얼댈 사람이 네가 아니라 고작 이 친구인 게 짜증 난다고, 그런 말을 내가 아닌 그 사람에게 하고 싶었던 게 아니었을까. 아니었을 수도 있지만.

"프로필 보니까 앞머리 바꾼 거 예쁘던데."

아무렴 예쁘겠지, 그렇게 좋아하고 오래 만났는데, 그렇게 대답하려다가, 그냥 그래? 하고 답하고 말았던 밤, 나는 내 친구와 그의 오랜 연인을 생각하다가 말고 또 습관처럼 너를 생각했다.

태어나서 처음으로 너를 본 그날, 너는 처음부터 사랑받으려고 거기에 있는 사람처럼 서 있었다. 너와 나 두 사람의 흐름은 그러므로 그토록 단순했는지도 모른다. 사랑받으려고 있는 사람이니 사랑할 수밖에 없었고, 내가 너한테 할 수 있는 일은 사랑한다고 말하는 일, 몸과 마음으로 부지런히 사랑을 보여주는 일이 전부였을 테니까.

이별 역시 그러므로 단순했을 것이다. 너는 사랑받으려고 있는 사람인데, 나는 언제부턴가 전처럼 모든 것을 던져가며 너를 사랑할 만큼 기력이 넘치는 사람이 아니게 됐을 테고 너는 그게 서운하고 못 버틸 지경이었을지도 모른다. 지나고 보면 그건 바쁜 것도 힘든 것도 아니었는데. 그때 줬던 것들도 최선도 최고도 뭣도 아닌 그저 그런 사랑이었는데. 뭐가 급하다고 우리는 그렇게 우리이길 포기해버렸던 걸까. 프로필을 보니 너도 앞머리를 바꿨던데. 그리고 역시나 예쁜 사람이던데 여전히.

만약 내가 네가 아닌 사람과 침실에서 낮잠을 자게 되고 너 역시 내가 아닌 누군가와 아침밥을 먹게 된다고 하더라도 어색하지 않을 만큼 이제는 오랜 시간이 흘렀다. 그리고 그 만약이 정말이라면, 너는 그 모든 장면 안에서 매 순간 그에게 사랑받는 사람이어야 한다. 솔직한 마음으로는 내심 반갑지 않겠지만, 어쩔 수 없이 그래야 한다고 생각한다. 내게 그랬던 것처럼, 너는 언제나 사랑받으려고 거기에 있는 사람이어야 한다.

그리고 만약 그 만약이 만약으로만 그친 생각이었다면, 누구도 너를 사랑하지 않고 있고 너는 숨을 잃은 작은 물고기처럼 검은 물속을 헤매고만 있다면, 그렇게 네가 너의 빛을 까먹어만 가고 있다면, 부디 알아주었으면 좋겠다. 나만은 멀리서라도 너의 앞머리를 생각하고 있다는 걸. 여전히 예쁘게 여기고 있다는 걸. 너는 사랑받아야만 하는 사람이라고 생각하는 사람이, 여기에 한 명은 있다는 걸 잊지 말아 주었으면.

그날 새벽 세 시에 본 달은 아파트와 아파트 사이에 오묘하게 끼어서 간신히 빛나고 있었다. 온 우주에서 단 한 명, 나만 알아보고 바라보고 있는 것처럼 희미한 느낌이었다. 마침 그날은 구름도 많이 끼어 있었고 달 역시 기울 대로 기울어 있었지만, 그래도 역시 달은 달이라.

예뻤다.

척

혹시 종로에 생긴 베이글 가게 가봤어? 당연히 가봤지(물론 사람이 너무 많아서 뭔데 이렇게 호들갑들인가 두리번거린 게 전부지만). 이태원 부기우기 좋아해? 재즈바라면 당연히 좋아하지(아는 곳이라곤 무기한 휴업에 들어간 올댓재즈가 전부지만). 숨겨둔 비밀 여행지 있어? 물론 있지, 너 데려갈 곳(그때 인스타그램에서 봤던 동네가 어디였더라?).

그렇게 나는 누가 좋아지기 시작하면, 온갖 있는 척, 아는 척, 멋진 척을 다 하곤 했다. 알지도 못하는

것을 안다고 하거나, 있지도 않은 것을 있다고 말해가
며 그 사람의 환심을 사기 위해 고군분투했던 것이다.
한 번은 영화감독인 줄 알고 신나서 아는 척을 했던
사람이 실은 농구선수여서 이상한 대화를 해버렸던
적도 있지만.

  사랑 앞에서의 연기는 늘 달콤하면서도 위험했다.
언젠가 한 번은 반드시 궁지에 몰리거나 거짓이었다
는 게 드러나 버리곤 했기 때문에. 나는 그때마다 잘
보이고 싶어서 그랬다고 이실직고를 하거나 드물게
정말로 알고 있는데 다른 것과 착각했을 뿐이라고 잡
아떼기도 했었다. 그때마다 나의 변명을 들은 사람들
은, 나를 귀엽게 봐주거나 이번 한 번만 더 속아주겠
다며 가던 길을 가곤 했었다. 나는 그렇게 앞서 걷는
사람의 뒤에서 얼굴을 붉히거나 한숨을 쉬어대느라
늘 곤혹스러웠지만.

  그럼에도, 한두 번 그런 것도 아니었음에도 내가 줄
곧 나를 감추는 말을, 크게 드러내는 말을 일삼곤 했
던 건, 그저 그런 나에 비해 내가 사랑하는 사람이 너
무도 사랑스러운 사람이기에 그랬던 거다. 언젠가 들

켜버릴 것을 알아도, 지금 내가 묘사하는 나는 정말의 내가 아니라는 걸 누구보다도 잘 알고 있다고 해도, 몇 번이고 그 위에 거짓과 거짓을 덧씌워서라도 그 사람의 환심을 사고 싶었던 밤이 많았다. 그래서 그런 밤마다 익숙하지도 않은 강남역 골목에서, 안양역 앞에서, 태어나서 본 적도 없고 이름을 들어본 적도 없는 음식 앞에서 마치 그곳이 익숙한 사람, 그것들을 많이 접해본 사람인 양 굴기도 했던 것이다.

그리고 그 사람과 남이 되었을 때, 그러니까 그 사람이 나를 향해 있던 애정의 시선을 거두고 나와의 관계를 복기하기 시작했을 때쯤, 나 역시 그 사람이 있는 곳으로부터 멀리 떨어진 곳에서, 어쩌면 좋아, 그때 했던 거짓말들이 지금쯤 다 벗겨져 버리고 있겠네, 하면서, 안절부절못했던 것이다. 참 우습다. 어차피 끝난 관계, 그 사람이 나를 업신여기든 내게 실망하든 나를 웃기다고 생각하든 다 상관없는 거였을 텐데. 그 감정은 미련이었는지, 여전히 남은 사랑이었는지. 잘은 모르겠지만, 생각할 때마다 조금 전의 일인 양 얼굴이 빨개지는 것은 막을 겨를이 없다.

나는 내가 좋아하는 사람 앞에서는 또다시 척을 할 것이다. 그 사람이 내게 커다랗게 다가올수록, 그 사람을 향한 사랑이 크면 클수록 그럴 것이다. 바라건대 그 척과 거짓말들이 누구에게도 해롭지 않은 척과 거짓말이길, 사랑하는 누군가에게는 귀여운 짓으로 다가갈, 헤어지고 난 훗날 그 거짓이 벗겨지고 난 후에도 가소롭기보단 가슴 아픈 뒷맛으로 남기를, 그래서 조금은 이기적이지만, 나를 오래 그리워하게 하는 것이 되길 빈다. 그리고 그 사람도 언제까지고 그것들을 귀엽게 여겨주기를. 그렇게 거짓이 거짓으로만 남기보단, 하나의 소스나 스파이스로 남기를. 우리의 사랑이 더 맛있고 귀여워지기를.

새벽의 광화문을 아세요

화려함이랄지 최고라는 말이 잘 어울리는 연애는 이 나이 먹도록 여전히 모른다. 대신 가장 편안할 수 있는 연애가 무엇인지, 오늘의 나는 어떤 만남에 최적화되어 있는지는 잘 알아가고 있다. 내가 나일 수 있다는 건 참 간단해 보이지만 어려운 일이다. 어떨 때 내가 나다운지를 알아가는 데에도, 나는 이런 사람이라고 내 옆에 있는 사람에게 보여 주는 데에도 또 오랜 시간이 필요하다.

어떤 날에는 새벽의 광화문을 아냐고 물어보는 일로 사랑한다는 말을 대신하고 싶다. 당신은 어떤지 몰라도 나만큼은 당신을 이만큼이나 사랑하게 됐으니 내가 가장 나다울 수 있는 곳을 알려 주고 싶다고. 현대미술관의 안뜰에서 달을 보여 주는 일. 북촌의 초입에서 적막을 엿보고 돌아서는 일. 마주 보고 화목순댓국을 먹는 일. 부속이 좋다면 부속을 순대가 좋다면 순대를 내 그릇에서 건져 주는 일. 오래 걷는 것 좋아하냐고, 나는 좋아한다고 말하는 일. 청계천을 따라 걸으며 지금만큼은 우리가 이곳의 주인이 된 것 같다고 좋아하는 일. 햄버거 가게에서 커피를 마시는 일. 저쪽 골목에서 뭘 본 것 같다고 말하는 일. 거기서 잠깐 껴안고 나오는 일. 다음에는 네가 나를 어디로 데려다 달라고 말하는 일로, 그렇게 사랑한다고 말하고 싶다.

새벽의 광화문을 아냐고 묻는 일은 나만큼은 당신을 이만큼이나 사랑하게 됐다고 말하는 일, 내가 가진 것과 가지지 못한 것들을 모두 보여 주는 일이다. 어떤 새벽에는 누군가가 나도 오래 걷는 것을 좋아한다고 대답해 주었으면 좋겠다.

매일 뵐게요

나는 당신이랑 만나고 헤어지는 일이 좋습니다. 안녕이라는 말을 주고받는 일이 참 좋습니다. 누군가는 안녕, 이라는 두 글자를 들으면 영원히 작별하게 될까봐 두렵다고 하지만, 나만은 그렇지 않습니다. 오늘 안녕을 말해도 내일 내일의 안녕이 있을 것을 알고 있기 때문입니다. 오늘의 작별이 있으면 내일의 만남이 있다는 것이, 오히려 설레게 다가옵니다. 우리가 지금처럼 가깝지 않을 때도 그랬습니다. 나는 그때부터도 매일을 그리곤 했습니다. 기역자만 그리면 매일을 완성할 수 있다는 걸 아시나요? 저는 당신이 '내일 뵐게요'라는 메시지를 보내오실 때마다, '내' 위에 작게 기역자를 그려 '매'를 만들곤 했습니다. 그러면 꼭 매일 뵐게요, 매일 만나자는 당신의 고백으로 읽히곤 했던 거예요. 그래서 어떻게 됐나요? 우리는 정말로 매일 만나는 사이가 됐고, 나는 여전히 내일 위에 기역자를 그리는 사람입니다. 나는 당신이랑 만나고 헤어지는 일이 좋습니다. 매일 당신을 보는 일이 좋습니다. 안녕이라는 말이 참 좋습니다. 안녕. 내일 만나요. 매일 만나요. 우리 다음 생에 또 볼까요?

호텔 이야기

     종종 호텔에 묵는다. 원고 마감을 지켜야 할 때도 묵고 좋아하는 사람이랑 오래 있고 싶을 때도 묵고, 그냥 하루쯤 사치스럽게 혼자 있고 싶을 때도 묵는다.

     삼 성짜리든 오 성짜리든, 어쨌든 호텔이라는 이름을 달고 있기에 기본적으로 집보다는 깔끔하다. 카드 키를 꽂고 들어와 외투를 걸어두고 슬리퍼를 신는다. 창밖의 낯선 풍경을 몇 번 흘겨본다. 이불이 주름 하나 없이 빳빳하게 펼쳐져 있는 침대에 몸을 던지면, 그 전까지의 시간이 어땠건 간에 아무래도 괜찮아지는 것만 같다. 누가 나만을 위해 편지를 한 통 쓰거나 선물상자 하나를 준비해놨는데, 그 포장지를 기쁜 마음으로 뜯는 느낌이랄까. 그리고 침대 위에 자빠져 있는 나는, 나도 모르게 터져 나오는 한숨에 한마디를 싣는다.

"나 여기서 살고 싶다."

가만히 천장을 바라본다. 깜빡거리는 화재경보기. 공조기 소리인지 건물 바깥의 공사 소음인지 모를 웅웅거리는 소리. 방 바깥에서 미묘하게 들려오는 낯선 사람의 소리. 다시 전보다도 더 가만히 생각한다. 근데 나 진짜 여기서 살고 싶은가?

언젠가 따로 집을 두지 않고 호텔을 집 삼아서 사는 유명한 음악가를 본 적이 있다. 차도 짐도 다 호텔에 두고서, 일이 있으면 호텔을 떠나 일하러 가고, 마치고 나면 다시 호텔로 돌아오는 식이었다. 호텔로 돌아오고 나면 방은 말끔히 청소되어 있었다. 마치 몇백 년 전부터 새것이었던 곳처럼 그렇게.

매일매일 저기서 살다니, 돈이 진짜로 많은가 보네. 그 사람을 보고 맨 처음 했던 생각은 고작 그거였다. 그건 부러움과 순수한 감탄이 뒤섞인 생각이었다. 저 정도 방이면 못해도 하루에 삼십만 원은 할 텐데, 저기 서 매일매일 묵을 수 있는 삶은 도대체 어떤 삶일까.

하지만 바로 뒤에 이어진 생각은 '외롭겠다'였다. 잠 깐 안녕을 말하고 떠나갔다가 돌아오면, 그 공간은 나 를 완전히 잊은 듯 처음 그대로의 모습으로 나를 맞는 다. 나는 내심 그곳이 내 습관과 취향, 비밀스러운 습 성들을 기억한 채로 나를 기다려주길 바랐는데, 그런 것들은 온데간데없이 사라지고 공장 초기화된 기계처 럼 그곳에 덩그러니 또는 너무도 깔끔하게 그 공간만 존재하는 것이다. 물론 'Do not disturb' 버튼을 눌러둔 채로 그곳을 나서거나 문고리에 해당 패널을 걸어놓 으면 되긴 하다만, 그것도 조금은 느낌이 다르다. 누 군가의 억지스러운 의지에 의해 강제적으로 내 것들 이 기억되는 것도 내가 원하는 바는 아니기 때문이다. 뭐가 그렇게 까다로운가 싶을 수 있겠지만, 아무튼 나 는 그렇다.

역시 호텔은 하루 아니면 이틀이면 좋군, 그런 마음으로 후련하게 체크아웃을 하고, 정겹고도 초라하고, 익숙하고도 산만한 나의 집으로 들어오면, 그제야 마음이 내 옷을 입은 것처럼 편해진다. 아무리 세련되지 않고 새것이 아니더라도 나를 기억해주는 곳, 내가 제일 나답게 있을 수 있는 곳 하나쯤은 마련해둔 채로 살아가는 것, 그게 바로 잘 사는 것이 아닐까, 절로 그런 생각을 하게 되는 것이다.

어쩌면 사람 역시 마찬가지겠지. 새것 같은 사람, 볼 때마다 세련된 모습만 보여주는 사람, 미지의 것을 알아가는 재미를 주는 사람도 물론 반갑긴 하겠다만, 결국 나를 살게 하는 사람은 늘 나를 잘 알아주는 사람, 기억해주는 사람, 내가 돌아온 곳에 있어 주는 사람이었다.

언제든 돌아갈 수 있고 얼마든 엎어질 수 있는 집 같은 사람이 있다는 것, 어쩌면 사람의 행복을 좌우할 수 있는 가장 커다란 요소 중 하나가 아닐까. 사람은 사람을 살게 한다.

꿈

 스물일곱 스물여덟쯤을 기억해본다.

 그때 나는 드디어 미루고 미루던 졸업을 결심하고, 남들보다 조금은 천천히 사회인으로서의 첫걸음을 딛고 있었다. 첫 책을 준비하고 있었고, 작가라는 이름에 취하기에는 턱없이 부족한 소득을 메꾸기 위해 국어학원에서 고등학생들을 가르치는 일을 함께하고 있었다.

 글자 속에서의 나날이었다. 아침에 일어나 샘날 정도로 잘 쓰는 사람들의 책을 읽고, 아침 겸 점심을 부랴부랴 챙겨 먹고 학원으로 출근했다. 중간중간 좋은 생각이 나면 메모장에 글자들을 끼적였고 밤에 일을 마치고 돌아와서는 노트북 앞에서 서너 시간 나름의 작업을 하다가 잠을 청하는 식이었다.

그러다 보면 종종 대학교 동기들로부터 연락이 왔다. 내키는 사람끼리 모여 술이나 한잔하자는 식의 연락이었다. 부끄럽지만, 나는 그때부터 이미 동기들 사이에서 오작가라는 이름으로 불리고 있었다. 과 특성상 졸업생 대부분이 금융권이나 세무회계, 사무직 쪽으로 진로를 정하지만, 글을 쓰겠다고 설치는 사람은 내가 거의 유일하기 때문이었다.

오작가, 만나서 술이나 하자, 그런 연락을 받으면, 물론 그런 연락을 받는 것은 정말 반갑고 감사한 일이었지만, 왠지 모를 자격지심 때문에 늘 마음이 어려워지곤 했다. 누구는 괜찮은 무역회사에 취직했고 또 누구는 그 어렵다는 세무사 시험에 합격했다는데, 누구는 증권사에서 아주 잘나간다던데, 나는 고작 학원에서 아르바이트나 하며 언제 나올지도 모르는 책이나 쓰고 있는 것이 알게 모르게 창피하기도 또 눈치 보이기도 했었던 것 같다. 나는 그렇게 바쁘다는 핑계로,

원고 마감을 해야 한다는 핑계로 자주 그 모임에 참석하지 못했다. 아니, 참석하지 않았다. 또한 친척들 모임에도 같은 이유로 나가지 못했었다. 가끔 한 번쯤은 나가봐도 괜찮으려나 해서 모임에 나갔을 때마다, 나는 어김없이 억지로 신나게 마셔서 흠뻑 취해버리거나 실수해버렸고 아침마다 후회만 해댔었다.

많이들 그랬겠지만, 어릴 땐 시기라는 것에 너무나도 민감했던 것 같다. 늦더라도 스물한 살에는 대학생이 되어야 하며 대학을 졸업하고 나서는 일 년 안에 취업을 해야 하는 줄 알았다. 풋풋하고도 자유로운 연애를 할 수 있는 건 서른이 넘어서는 사치라고 생각했으며, 연애의 끝에는 무조건 결혼이 있어야 한다고 생각했다.

꿈도 그랬다. 나는 꿈이라는 것이 마치 미술 시간에서의 준비물처럼 어느 시점까지는 반드시 준비되어야 하는 거라고 생각하곤 했었다. 그러니까 스물이 되기 전까지는, 장래 희망을 적는 칸에 멋들어지고 그럴듯한 직업 하나쯤은 써넣을 줄 알아야 하는 거라고.

하지만 조금 더 큰 곳으로 나와서 다양한 나이대, 다양한 직업군의 사람들과 함께하고 알게 된 세상은 달랐다. 별별 사람이 다 있었다. 그리고 그들의 자신의 일을 시작하고 끝맺는 시점은 다 달랐다. 그때의 난 어쩌면 그렇게도 어렸으며, 어쩌면 그렇게 편협한 시각으로 세상을 바라봤던가. 열 권이 넘는 책을 쓰고 이런저런 여건들이 어느 정도 안정화된 지금에 와서야 생각해보건대, 다른 무엇보다도 중요한 건 내 마음이 아니었을까. 얼마나 이룬 게 없고 벌이가 시원찮든, 그건 사실 그다지 그들이 신경 쓸 만한 게 아니었을 텐데. 나는 도대체 뭐가 되고 싶었고 뭐가 그렇게 급했기에 혼자 그렇게 안절부절못했던 걸까.

꿈은 젊은 사람의 전유물도 나이 든 사람의 취급 금지 물품도 아니다.

나는 학교의 간판 같은 곳에 적혀 있는 '꿈꾸는 사람이 멋지다'와 같은 말이 제법 폭력적이라고 생각하는 사람이다. 오히려 누구에게든 꿈을 꾸지 않아도 될 자유가 있다고 생각하는 쪽이다. 어쩌다 나보다 열 살 혹은 스무 살 어린 조카나 학생들의 진로에 관한 고민을 상담해줄 때도 조금은 조심스럽게 하고 싶은 것을 물어본다. 지금 당장 정하라고 말하기보다는 생각해볼 시간을 주듯이 넌지시 물어보는 것이다.

되고 싶은 것, 하고 싶은 것이 남들보다 조금 더 늦게 생각날 수도 있는 일이다. 어떤 꿈은 어릴 때에는 도저히 알지도 못하고 생각하지도 못할 수도 있는 일이다. 또 언제 어떤 방식으로 하고 싶은 일이, 정신이 나갈 만큼 좋아할 일이 생길지는 아무도 모르는 일이다. 그러니 이 글을 읽는 당신에게도 부탁하건대, 당신이 당장 성인이라는 신분을 코앞에 두고 있는 사람이더라도, 또 성인의 신분이 됐다고 하더라도 절대 꿈이라는 것의 앞에서 조급해하거나 절대 늦었다고 포기해버리지도 말기를 바란다. 무엇도 시작되지 않았다는 말은, 무엇이라도 새로 시작할 수 있다는 말이다.

봄의 초입에서

여름이 끝나갈 무렵부터 새로 생긴 취미가 있습니다. 별건 아니고 그냥 아무 옷이나 입고 나와서 밤마다 걷는 일입니다. 몇 시간을 걸어야 하고 얼마나 멀리까지 다녀와야 한다는 규칙 같은 건 없습니다. 그냥 내키는 만큼 걷다가 더 걷는 게 힘들어질 때쯤 왔던 길로 돌아서 오곤 하는 것입니다.

꼴에 운동이라고 걸으면 걸을수록 점점 더 멀리까지 갔다가 돌아올 수 있게 됐습니다. 첫날에는 오 킬로미터만 걸어도 줄줄 흐르던 땀이 이제는 십오 킬로미터는 걸어야 그때와 비슷하게 흐르기 시작했습니다. 그러면서 자연스레 향하는 방향도, 가서 닿는 곳도 많아졌는데요. 가보지 못한 곳도 더러 있었지만, 이곳에서 산 것도 어느덧 스무 해가 다 됐으니 가봤거나 머물렀던 곳이 훨씬 더 많았습니다.

하지만 다 아는 방향의 아는 길목을 지나고 아는 건물 앞을 스쳐 지나가는 그 모든 순간이, 어떻게 그렇게도 놀랍고도 설렐 수 있었던 걸까요.

분명 잘 기억해두고 있다고 생각했는데, 그 곳곳에는 완벽하게 자취를 감췄던 기억의 씨앗들이 어디 가지도 않고 그저 잘 숨겨져 있었습니다. 이 도시에서 가장 오래됐다는 노래방 앞을 지날 땐 같은 동네에 살았고 꽤 친하게 지냈지만 이제는 연락이 끊긴 거의 유일했던 이성 친구가 생각났고 도서관 앞 광장을 지날 때 친구의 사랑 고백을 좀 도와보겠다고 겨울날에 촛불들을 하트 모양으로 켜두려 안간힘을 쓰던 내가 떠올랐습니다. 당연히 그 촌스러운 고백은 실패로 돌아갔지만요. 내 어깨에 기대어 서럽게 울던 녀석의 울음소리가 뒤늦게 떠올랐고요. 또 떠오르는 것들은, 무서운 형들과 마주쳐 용돈을 빼앗겼던 골목, 지금보다 훨씬 팔팔했던 어머니와 함께 뛰어다니던 산책로, 교복을 입고 닭꼬치를 먹던 공원, 첫사랑과 함께 시시콜콜하게 떠들었던 고가다리 위, 많기도 많았습니다. 그리고 그 장면 하나하나를 눈앞에 그려내며 함께 떠올릴 수 있는 낱말은 딱 하나였습니다.

청춘.

새싹이 파랗게 돋아나는 봄철이라는 뜻을 지닌 낱말입니다. 십 대 후반에서 이십 대에 걸치는 인생의 젊은 나이 또는 그런 시절을 이르는 말이기도 합니다.

물론 그 의미를 편협하게만 생각하면, 이미 제 청춘은 지나버렸는지도 모릅니다. 제 주변에서도 벌써 청춘이 끝나버렸다며 머리를 쥐어뜯는 사람이 참 많습니다. 이미 자신은 세상이 말하는 청춘으로부터 멀리 튕겨 나갔다고 생각해버리는 건데요.

하지만 그 청춘이라는 것이 정확히 몇 살부터 몇 살까지의 시기인지를 정확하게 말할 수 있는 사람은 아무도 없을 것입니다. 청춘이라는 말이 맨 처음 생겨났을 때와 지금의 나이 개념은 너무나도 크게 다를 테니까요. 또 무엇보다도, 봄이라는 것은 단 한 번 태어났다가 죽고 영영 끝나버리는 게 아니라, 여름과 가을, 겨울을 다 겪어내고 나면 언제 떠났었냐는 듯이 다시 돌아와 주는 반갑고도 영원한 흐름이니까요.

그런 의미에서 우리는 청춘을 이미 떠나보낸 사람이기도, 청춘을 겪어내고 있는 사람이기도, 아직 청춘을 맞지 못한 사람이기도 할 것입니다. 마음먹기에 따

라 얼마든지 봄의 초입에 서서 다가올 청춘을 기다릴
수도 있다는 말입니다.

아침에는 어제보다 조금 더 짙어진 풀냄새에 두근거
렸고 까치와의 눈인사에, 도로에서 양보를 건넨 이가
돌려준 눈인사에 두 번 세 번 다시 두근거렸습니다. 내
인생의 설렘은 다 끝났다고 생각했었던 때가 고작 며
칠 전 같았는데 말이에요.

다시 봄이 오려나 봅니다.

이만큼이나 낭만적이고 멋진 사람

© 오휘명 2022년
초판 1쇄 발행 • 2022년 11월 21일
　　2쇄 발행 • 2022년 12월 7일

지은이　•　오휘명
마케팅　•　박근호 김은비
디자인　•　유서희
펴낸곳　•　도서출판 히읏
출판등록　•　2020년 4월 28일 제 2020-000109호
제작처　•　책과 6펜스
전자우편　•　heeeutbooks@naver.com

ISBN　•　979-11-92559-66-7 (03810)